KB078246

GAME OF GOETIA

니콜로 장편소설

FUSION FANTASTIC STORY

마왕의 게임

마왕의 게임 18

니콜로 장편소설

초판 1쇄 찍은 날 § 2016년 12월 12일
초판 1쇄 펴낸 날 § 2016년 12월 19일

지은이 § 니콜로
펴낸이 § 서경석

편집책임 § 김경민

펴낸곳 § 도서출판 청어람
등록번호 § 제387-1999-000006호
등록일자 § 1999. 5. 31
어람번호 § 제1-2579호

주소 § 경기도 부천시 부일로 483번길 40 서경B/D 3F (우) 14640
전화 § 032-656-4452 팩스 § 032-656-4453
http://www.chungeoram.com
Email § chungeorambook@daum.net

ISBN 979-11-04-91080-7 04810
ISBN 979-11-04-90396-0 (세트)

니콜로 장편소설

FUSION FANTASTIC STORY

마왕의 게임

도서출판 청어람

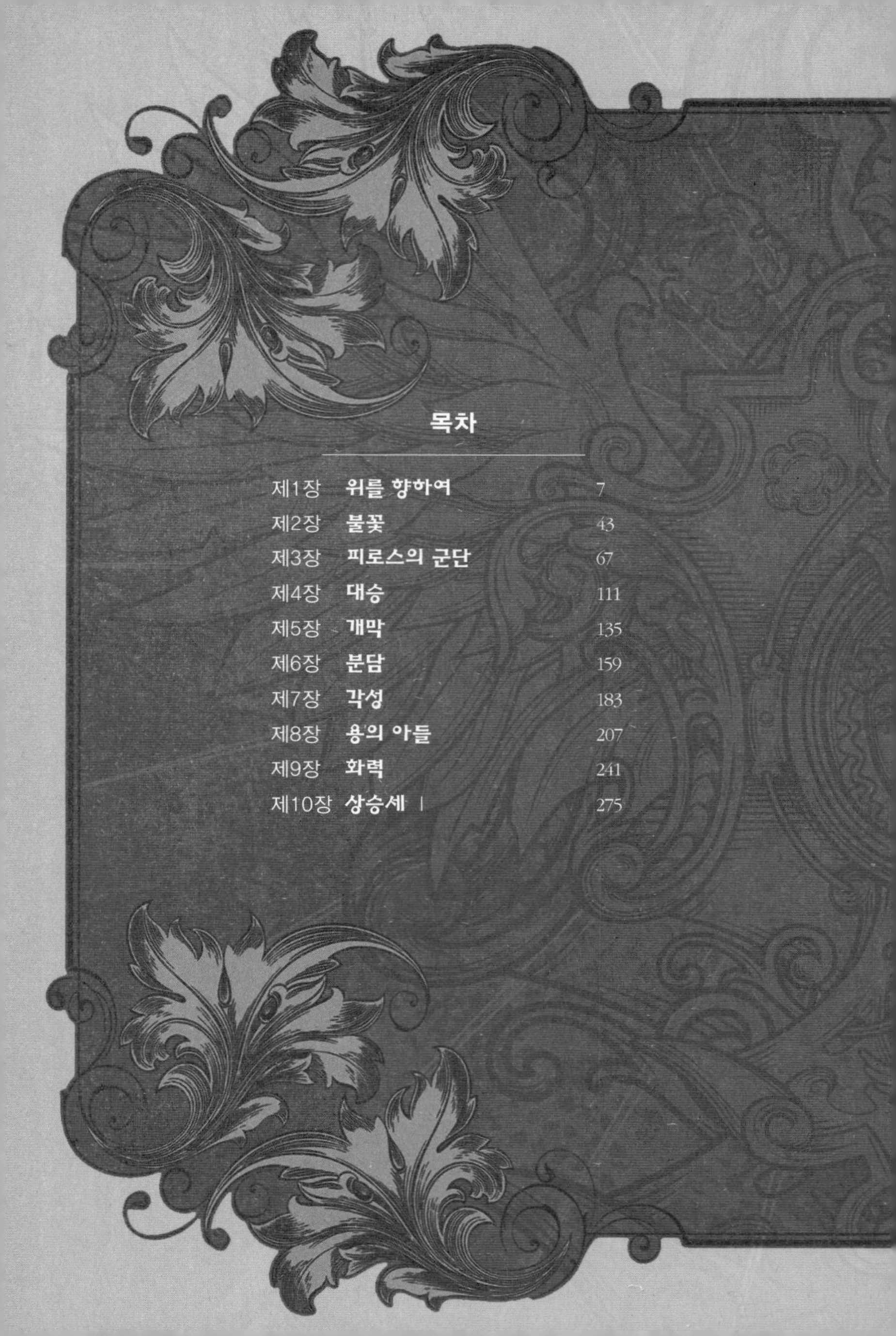

목차

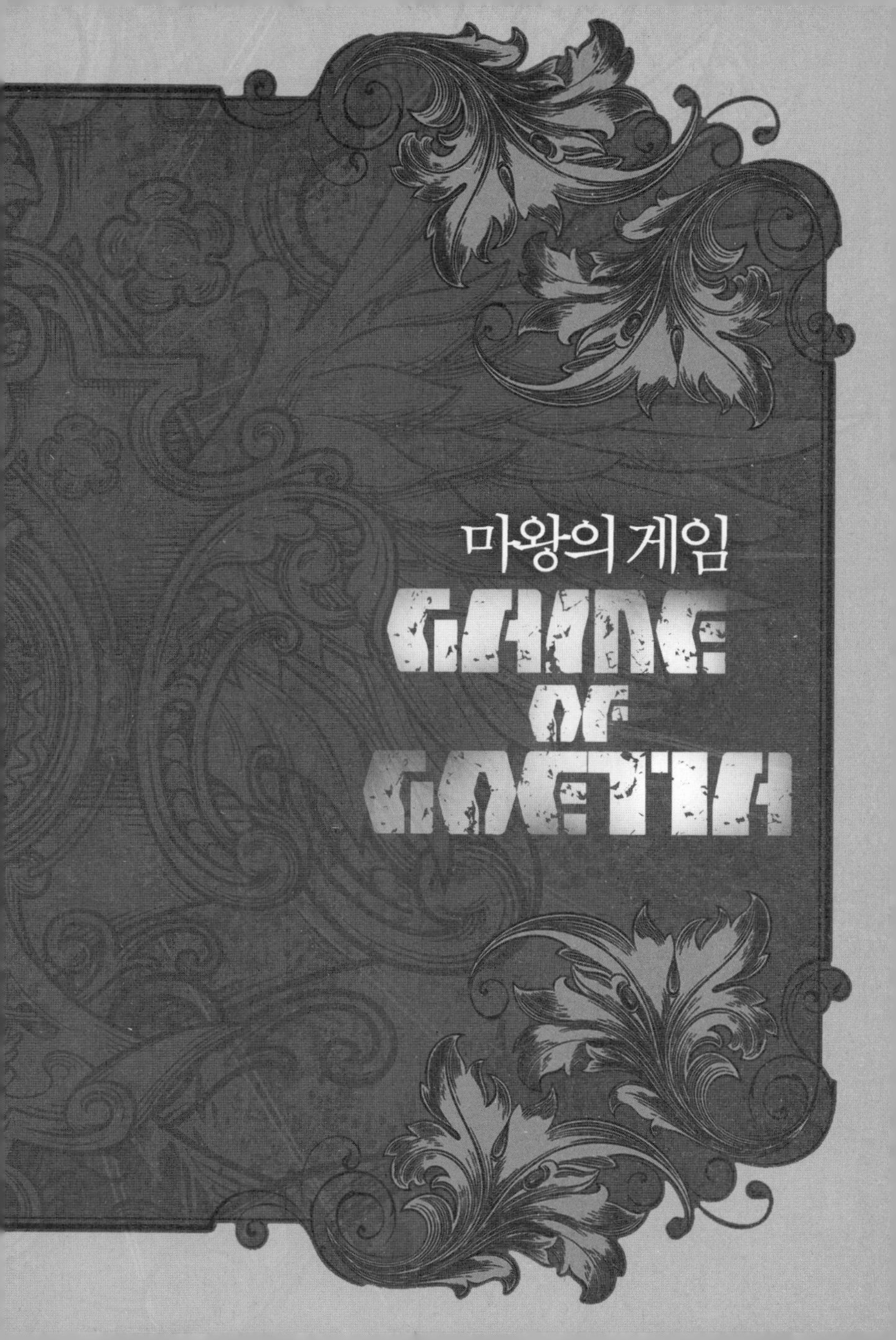
마왕의 게임
GAME
OF
GOETIA

제1장

위를 향하여

교류전은 그럭저럭 잘 끝났다.

비록 패배했지만 SC스타즈를 상대로는 당연한 일.

그래도 최하위 프로 팀을 가지고 단시간에 그 정도까지 선수 역량을 끌어 올렸으니 한태곤 감독의 능력을 인정해야 했다.

무언가 팀이 제대로 굴러가고 있다는 느낌을 받았기에 이신도 만족했다.

팀 넥스트의 새로운 팀명에 대해서는 한태곤 감독에게 일임했다. 이신은 정말 신경 쓰고 싶지 않았으니까.

한태곤 감독은 알겠노라고 하고 선수들과 함께 한국으로 돌아갔다.

그렇게 현실의 일이 어느 정도 일단락되자, 이신은 마계 쪽으로 관심을 돌렸다.

'급한 일도 다 끝났으니 이제 마계에 신경을 써야겠군.'

너무 오래 손 놓고 있으면 감이 떨어진다.

게임이 그렇듯 서열전도 마찬가지였다.

얼마 전에 리처드 1세에게 아무런 준비도 안 된 채로 도전을 받는 바람에 1패를 당하지 않았는가.

리처드 1세에 대한 정보가 없었다는 점이 주된 원인이고, 리처드 1세의 활약상이 정확한 계산에 담기지 않는다는 점도 문제였다.

하지만 평소에 모의전을 하며 감각을 유지하고 있었더라면 그 맹렬한 공세를 막아낼 수 있었을지도 모른다.

'이참에 서열전에 집중해서 10위권대로 진입해야겠군.'

현재 그레모리의 서열은 22위.

세 단계만 더 올라가면 19위로 10위권에 진입하게 된다.

이신이 알기로 72악마군주의 축제에서 봤었던 계약자 전단도 20위였는지 21위였는지에 위치했던 걸로 기억한다.

전단 같은 경우 축제를 통해 어떤 능력을 가졌는지도 파악했으니 더 상대하기 쉬웠다.

'그리고 이쪽 서열에 위치한 계약자들의 실력에 익숙해져야 하기도 하고.'

축제를 통해서 서열이 너무 한 번에 껑충 뛰었다.

그전까지는 달리 이신을 긴장시킬 만한 실력자는 만나보지 못했지만, 그러다가 갑자기 실력 좋은 계약자의 도전을 받게 되면 적응을 못할 수도 있다.

리처드 1세에게 당한 1패도 그런 맥락으로 해석하고 자성해야 할지도 모르는 일.

'지금부터는 방심해서는 안 된다.'

이신은 반지에 마력을 주입하고서 그레모리에게 속으로 말을 건넸다.

[들리십니까?]

[네, 카이저. 무슨 일이시죠?]

[다음 서열전을 준비해 볼까 합니다.]

[알았어요.]

파아앗!

이윽고 블랙홀 같은 검은 마력이 나타나 이신을 빨아들였다.

*　　　*　　　*

"카이저가 먼저 원해서 마계로 온 적은 이번이 처음 아닌가요?"

"그렇습니까?"

"후훗, 좋은 변화라고 생각해요."

그러면서 그레모리는 눈웃음을 지었다. 언제나 그렇듯 이신의 마음을 흔드는 마성의 매력을 풍기며 말이다.

"다만 지금은 조금 지켜보는 것도 괜찮을 것 같아요."

"왜 그렇습니까?"

의아해진 이신의 물음에 그레모리가 답했다.

"악마군주 마르코시아스가 현재 활발하게 서열전을 진행 중이거든요."

"마르코시아스라면?"

"계약자 전단의 악마군주예요. 현재 20위 서열에 있죠."

"서열전을 활발하게 진행하고 있다고 한다면……."

"네, 서열 19위의 악마군주 비네와 승부를 벌이는 중이죠. 축제 후로 한동안 잠잠했는데, 아마도 우리에게 자극을 받은 것 같아요."

이쪽은 리처드 1세 측과 싸워 승리하면서 막대한 마력을 챙겨 서열을 한 단계 더 상승했다.

22위.

전단과 피로스가 위치한 20, 19위를 노릴 수 있는 가시권에 오른 것이다.

"역시 카이저와 겨루게 되는 게 무서워서 더 높은 서열로 도망치는 편이 낫다고 본 걸까요? 후훗."

그 말에 이신은 축제에서 만났던 전단을 떠올렸다.

"구차하지만 이번이 내 실력의 전부가 아니라는 걸 알아달라는 뜻이었네."

"한신의 말마따나 자네는 하위 서열에 오래 있을 사람이 아닐세. 나중에 일대일로 겨루게 되면 그땐 부끄러움 없이 겨루도록 하지."

이윽고 이신이 말했다.

"아마 그건 아닐 겁니다."

"그런가요?"

"전단은 저를 두려워해서 피할 사람으로 보이지 않았습니다. 다만, 우리의 서열 상승에 자극을 받은 건 있어 보입니다."

"그럴 수도 있겠네요. 사실 악마군주 마르코시아스는 악마군주 비네에게 가로막혀서 오랫동안 20위에서 더 올라가지 못했거든요."

악마군주 비네의 계약자는 피로스.

서양 전쟁사에 빠지지 않는 레전드.

한니발이 최고의 명장으로 알렉산드로스 다음, 피로스를 꼽았으며, 다음이 자신이라고 한 말로도 유명하다.

전단으로서는 이기기 쉽지 않은 강력한 적수였음이 틀림없었다.

어쩌면 꾸준히 상승세를 타고 있는 이신을 보면서 전단도 자극받아, 자신 역시 언제까지고 정체해 있지 않겠다는 투지가 생긴 게 아닐까?

어쨌든 일단은 그레모리의 말마따나 지켜보는 게 좋을 듯싶었다.

둘이 치고받고 싸우는 데 제3자까지 뛰어들면 괜히 더 복잡해지기 때문이다.

일단 저쪽에서 서열 정리가 끝날 때를 기다렸다가 느긋하게 도전을 시작하는 게 현명한 선택이었다.

'나도 재정비를 좀 해야겠고.'

현재 이신의 권속으로 있는 질 드 레와 사도 5인은 모두 하급 악마였다.

그리고 이신은 상급 악마로서 현재 무려 75,351마력을 보유하고 있었다.

마음만 먹으면 6명 모두를 중급 악마로 승격시킬 수 있을 정도였다.

물론 다시 중급 악마로 하락하면 곤란하기 때문에, 이신은 일단 상급 악마의 기준인 3만을 제외한 나머지 마력을 사도들에게 투자하기로 했다.

'질 드 레도 챙기지 않을 수 없지.'

질 드 레는 더 이상 사도가 아니었다.

서열전을 위한 실용성을 생각하면 다른 사도들을 우선적으로 중급 악마로 만드는 게 낫다.

하지만 이신은 일단 중급 악마로 승격시켜 줄 대상 4인에 질 드 레를 포함시키기로 했다.

비록 사도로서 서열전에 참여할 수는 없지만, 최측근으로서 전략 구상 및 연습에 기여하는 질 드 레이므로 누구보다도 우선적으로 챙겨줘야 할 존재였다.

'질 드 레에게는 사도들보다 더 힘을 실어줄 필요가 있고.'

이신은 질 드 레를 그냥 충성스럽고 유능한 권속 정도로만 생각하지 않았다.

만에 하나 이신이 그레모리와의 계약을 그만두고 떠나게 되면, 질 드 레는 자신의 부재를 채울 후임이었다.

계약이 끝나자마자 연장 없이 덜컥 떠나 버려서 그레모리를 곤란하게 만들고 싶지 않았던 것이다. 그레모리에게는 여러 가지로 신세를 졌고, 함께 싸워온 정도 있었으니까.

이신의 연습 상대 역할을 하면서 덩달아 실력을 쌓은 질 드 레는 그런 의미에서 완벽한 수제자였다.

'물론 계약자를 그만두고 싶은 생각은 없지만, 앞으로는 어찌 될지 모르니까.'

월드 SC 그랑프리 개인전에서 우승한 뒤, 게임에 대한 열정이 한풀 꺾인 이신이었다.

선수 생활을 지속하고픈 의지는 변함없었지만, 더 올라갈 데가 없는 상실감은 적지 않았다.

그런 이신에게 서열전은 색다른 분야였다.

열정을 잃건 나이가 들건 여러 가지 이유로 프로게이머를 관둔다 해도, 여전히 이신은 서열전으로 삶의 활력을 얻을 수 있다.

하지만 미래는 모르는 일 아닌가?

그레모리를 서열 1위까지 끌어올려서 더 이상 상대가 없어지면 싫증이 날 수도 있는 일이었다.

이신은 마음이 무거워졌다.

두려웠던 까닭이다.

열정을 잃는 것이.

하고 싶은 일을 하며 살아가는 사람은 몇 명이나 될까?

아니, 자기가 하고 싶은 게 뭔지 알고 있는 사람은 몇이나 된단 말인가?

이신은 스페이스 크래프트에 감사했다.

열정을 다해 살 수 있게 해준 e스포츠가 좋았고, 이를 위해 온 힘을 다해 살아온 스스로가 좋았다.

그걸 모두 잃게 된다면, 남은 건 무료한 삶밖에 없지 않겠는가.

[그때도 과연 너는 지금과 같은 생각을 할 수 있을까?]

이신은 흠칫했다.

[넌 다시 이 질문 앞에 서리라.]

'뭐지?'

뭔가가 생각날 것 같은데 잘 떠오르지가 않았다.

짙게 서리 낀 유리창 너머를 바라보는 듯한 갑갑함을 느꼈다.

휘휘 고개를 저어 잡념을 털어버린 이신은 자신의 영지로 향했다.

그레모리의 궁전 뒤뜰, 귀족의 별장처럼 화려한 저택에 이르자 질 드 레와 사도 5인이 우르르 나와 이신을 맞이했다.

"오셨습니까, 주군."

질 드 레가 대표로 고개 숙여 인사했다.

고개를 끄덕인 이신이 말했다.

"조만간 서열전을 치를 것이다."

"바로 위쪽 서열에서 다툼이 치열하다는 소식을 들었습니다."

"그쪽에서 정리가 끝나면 그때 우리도 움직인다."

전단 측은 20위.

피도전자인 피로스 측은 19위였다.

22위인 이신은 21위와 서열전을 치르면 그만일 뿐 관여할 바가 아니라고 보일지도 모른다.

하지만 실제로는 그렇지 않았다.

서열전은 당사자들뿐만이 아니라, 그 위아래로 수많은 영향을 미친다.

리처드 1세의 도전을 받은 이신이 이를 격파하고서 서열이 한 단계 상승한 것이 그 대표적인 예였다.

하위 서열에서 큰 베팅에 실패해서 몇 계단씩 하락한 예는 얼마든지 찾아볼 수 있지 않은가.

높은 서열일수록 그런 변동 폭은 적지만, 그렇다고 없는 일은 아니었다.

특히나 20위권 초반에서 10위권 후반 사이는 서로의 마력 격차가 미세하여서 변동이 곧잘 벌어지는 현황이었다.

"그 결과가 어찌 되었건 모두 이겨야 할 상대다. 이참에 19위까지 치고 올라갈 생각이니까."

"알겠습니다. 피로스와 전단 둘을 모두 상대한다고 가정하고 준비해야겠군요. 전단의 경우는 마물을 다루니 제가 연습 상대가 되어드릴 수 있을 것 같습니다."

고개를 끄덕인 이신은 이내 화제를 돌렸다.

"그건 그렇고 이제 슬슬 너희를 중급 악마로 만들어야겠다."

그 말에 여섯 권속의 눈빛이 변했다.

마계 생활에 찌든 그들은 아직 살아 있는 사람인 이신과 달리 마력에 대한 욕망이 있었다.

이제 어엿한 악마라 할 수 있는 그들이니 말이다.

"일단은 네 사람을 중급 악마로 만들 생각인데, 일단 첫 번째는 질 드 레다."

"가, 감사합니다, 주군!"

질 드 레의 얼굴에 감격이 어렸다.

이제 사도가 아니기 때문에 제외될지도 모른다고 생각했는데, 이신이 가장 먼저 챙겨준 것이다.

"그리고 콜럼버스."

"아자! 감사합니다, 주군!"

콜럼버스가 뛸 듯이 기뻐했다.

사도로 들어온 순서나 활약상이나 콜럼버스는 우선순위에 있을 수밖에 없었다.

"다음은 이존효."

"저의 용맹으로 은혜에 보답하겠습니다!"

이존효가 쩌렁쩌렁한 음성으로 말했다.

마지막은 오귀스트 마르몽이었다.

결국은 사도로 들어온 순서대로 선정된 것이다.

서영과 로흐샨은 다음 기회가 돌아올 때까지 기다리기로 했다.

"괜찮습니다. 그리 오래 기다릴 필요도 없을 것 같은데요."

로흐샨이 넉살 좋게 말했다.

"19위가 목표라고 하셨으니 보나마나 연승 행진을 하시고 악마군주들에게 엄청난 마력을 뜯어내 저희에게 베풀어주시겠죠."

"주군을 도와 그 승리를 만들도록 노력하는 자세가 더 중요하지 않은가."

서영이 경박한 로흐샨을 점잖게 꾸짖었다.

"누가 뭐랍니까?"

전직 간신배 로흐샨(안녹산)은 어깨를 으쓱하며 능청맞게 대꾸할 뿐이었다.

일단 질 드 레에게 9천 마력을 부여했다.

일렁거리는 검은 마력이 질 드 레의 육체에 깃들었지만, 딱히 어떤 변화는 확인하지 못했다.

이제 사도가 아닌 탓에 마력량 말고는 질 드 레의 상태를 확인할 수 없었던 것이다.

"어떤 변화가 있나?"

"힘이 넘칩니다."

"능력은?"

“그건 아직 확인할 수가 없군요.”

“별수 없지.”

나중에 모의전을 해보면 질 드 레의 달라진 능력을 알 수 있으리라 생각되었다.

다음은 콜럼버스.

[사도 크리스토퍼 콜럼버스가 중급 악마가 되었습니다.]

[크리스토퍼 콜럼버스(휴먼, 노예)

무기: 마비침(적을 1초간 마비, 총 5발)

방어구: 가죽 부츠(이동속도 +5%)

능력: 빙의, 블링크(10미터 범위 내에서 순간 이동을 합니다. 300초에 1회씩 사용 가능하며, 3초 이내에 재사용 시 이전 위치로 되돌아갑니다.)]

이신은 꽤 놀랐다.

콜럼버스의 블링크 능력에 변화가 생긴 탓이었다.

이신은 콜럼버스를 시켜서 한번 블링크를 연속으로 써보도록 했다.

팟! 팟!

2연속으로 사용하자, 10미터 떨어진 곳에 나타난 콜럼버스가 다시 원래의 위치로 되돌아왔다.

“오! 이건 꽤 쓸 만한데요?”

콜럼버스가 호들갑을 떨며 신기해했다.

'더 유용해졌군.'

블링크로 언덕을 통과하여 상대의 본진에 침투시킨다.

그리고 3초간 진영을 둘러본 뒤에 다시 블링크를 쓰면 원래의 위치로 되돌아가므로 안전하게 통과할 수 있는 것이다.

3초라는 제약이 있다 해도, 이전보다 훨씬 발전한 것은 틀림없었다.

쫓아오는 적을 따돌릴 때도 유용하고 말이다.

마비침과 함께 응용하면 전투 시에도 큰 도움이 될 것 같았다.

'이 정도면…….'

마비침은 총 5발.

5명의 적을 1초간 마비시킨다면, 중소 규모의 전투에서는 절대 안 질 자신이 있었다.

초반에 약하다는 휴먼의 약점이 존재하지만, 이신의 컨트롤 능력까지 더해지면 그걸 극복하고도 남는 것.

'이건 초반 전략을 시험해 볼 가치가 있겠는데?'

이신은 이 컨셉으로 19위까지 올라갈 수 있겠다는 생각이 들었다.

다음은 이존효였다.

이신은 이존효에게 9천 마력을 부여했다.

도합 1만 마력을 보유하게 된 이존효는 중급 악마로 승격되었다.

[이존효(휴먼, 창병)

무기: 혼천절(공격력 +7%)

방어구: 용린갑(방어력 +5%)

능력: 광기(주위 아군의 공격력이 크게 강화됩니다.)]

'응?'

이존효의 능력에는 아무런 변화가 없었다.

의아해하는 이신에게 이존효가 말했다.

"주군, 힘이 넘칩니다."

"마력을 받았으니 당연하지."

콜럼버스가 옆에서 핀잔을 주었다.

이존효는 그런 콜럼버스에게 눈을 부라리며 말했다.

"그게 아니라 내 육체가 더 강해진 것 같다는 말이다! 확, 그냥!"

이존효가 한 대 때리려 하자 콜럼버스는 잽싸게 질 드 레의 등 뒤로 도망쳤다.

'조아생 뮈라와 같은 경우인가?'

지금은 중급 악마가 되면서 새로운 고유 능력이 생겼지만, 하급 악마였을 때의 조아생 뮈라는 별다른 능력이 없었다.

다만 비상식적으로 강했다.

마력을 검에 불어넣어 나무를 썩둑 베기도 했고, 서열전에서도 사도에 빙의했을 때 강맹한 힘으로 싸워 이신을 곤란하게 만들었었다.

어쩌면 이존효도 능력이 진화한 대신, 육체의 힘 자체가 보다 세졌을 수 있었다.

"서영과 한번 붙어봐."

"옛!"

"예, 주군!"

이존효와 서영은 무기를 꺼내 들고 마당으로 나왔다.

씨익 웃는 이존효.

서영은 다소 부담된다는 표정이었다.

본래 평소에도 서영의 실력은 이존효를 따르지 못했는데, 이제는 중급 악마까지 되지 않았는가.

콰앙!

이존효가 휘두른 혼천절이 서영의 창과 충돌했다.

"헉!"

서영이 뒤로 서너 걸음이나 밀려났다.

"오, 역시 손맛이 더 좋아졌군!"

이존효가 껄껄 웃었다.

서영은 곤란하다는 듯이 이신을 보며 말했다.

"주군, 더 붙어보지 않아도 충분히 알 수 있습니다. 전에는 30여 합까지는 붙어볼 만했는데 이제는 10여 합이나 버틸 수 있을지 모르겠습니다."

그러니 박살 나기 전에 대련을 종료하게 해달라는 뜻.

"호오, 10여 합이나 버틸 수 있다고? 꽤나 자신만만한데 어디 한 번 끝까지 해보지?"

"좀 치사하단 생각 안 드나?"

"하하!"

이존효는 혼천절을 휘둘러 몇 번이나 더 서영을 몰아붙였다.

결국 서영이 정말로 망신을 당하기 전에 이신이 대련을 종료시켰다.

"이걸로 확실해졌군. 서열전에서도 그 효과가 적용되는지 확인해 봐야겠어."

"지금이라면 그 항우와 싸워도 전처럼 맥없이 당하지는 않을 겁니다."

이존효의 병과는 창병.

창병도 비교적 빨리 소환되므로, 초반 전략에 충분히 포함될 수 있었다.

이신은 곰곰이 생각하다가 마르몽에게 말했다.

"마르몽, 하나 양해 구할 게 있군."

"저보다 로흐샨을 먼저 중급 악마로 승격시켜 줄 생각이시군요?"

역시나 마르몽은 나폴레옹의 최측근 지휘관 출신답게 눈치가 빨랐다.

콜럼버스를 제외하면 사도들 중 가장 중요도가 높은 인물은 바로 로흐샨이었다.

병과가 궁병!

전투 병과 중 가장 먼저 소환되는 사도가 로흐샨이었던 것이다.

초반 전략을 컨셉으로 생각하는 이신의 구상에도 마르몽보다는 로흐샨이 더 중요했다. 마르몽도 양해를 구한다는 말에 곧장 이를 알아챈 것이다.

“전 괜찮습니다. 저보다 더 중요한 것은 주군의 승리입니다.”

“고맙군. 승리하면 널 먼저 중급 악마로 만들어주지.”

“예, 로흐샨의 말마따나 그리 오래 기다리지 않아도 될 거라 생각됩니다.”

결국,

[사도 로흐샨이 중급 악마가 되었습니다.]

중급 악마로 승격된 로흐샨.

그러나 평소의 능글능글한 성격은 어딜 갔는지 얌전했다.

아무래도 가장 마지막에 사도로 합류한 신참이면서 마르몽의 순서를 가로챈 게 미안했던 모양이었다.

“험험, 열심히 활약해 다음 서열전에서 승리할 수 있게 기여하겠소.”

“그거면 됐소.”

마르몽은 쾌히 넘어갔다.

살아생전에 마르몽은 나폴레옹이 원수로 임명한 명단에 자신만 빠져서 앙심을 품은 적이 있었다.

뒤늦게 원수로 임명되긴 했지만, 그것이 원인이 되어서 나폴레옹을 배신했던 것이라는 설이 있었다.

그런 그의 성격을 생각해 보면, 흔쾌히 넘어가는 지금의 태도는 놀라운 것이었다.

역시 마력으로 맺어진 권속이라 진심 어린 충성심이 생긴 듯했다.

아무튼 중급 악마가 된 로호샨의 능력은 다음과 같았다.

[로호샨(휴먼, 궁병)

무기: 합성궁(공격력 +7%)

방어구: 용린갑(방어력 +5%)

능력: 유도 사격(가까운 아군 궁병·석궁병 10인과 동일한 타이밍에 동일한 지점을 적중시킵니다. 5초에 1회씩 사용 가능합니다.)]

'좋아!'

이신은 주먹을 불끈 쥐었다.

본래 로호샨의 유도 사격이 적용되는 인원은 5명이었다.

그런데 중급 악마가 되면서 10명으로 늘어났다.

그렇다면 로호샨까지 포함하여 총 11명이 같은 지점을 쏘도록 일점사를 시킬 수 있다.

서열전에서 컨트롤을 할 때 항상 아쉬웠던 것이 바로 일점사였다.

전장에 소환되는 병력들은 다 살아 있는 사람이다 보니 게임의 유닛처럼 정확할 수 없다.

로호샨은 그런 단점을 만회시켜 주는 중요한 사도였다. 물론 유도 사격을 펼치고서 로호샨이 빗나가면 10명도 전부 빗나가는 불상사가 생기지만 말이다.

'궁병 11명으로 일점사를 할 수 있으면 초반 전략에 더 탄력을 받지.'

괴물에게 강한 인류 병영 체제의 위력을 서열전에서도 재현시킬 수 있을지 모른다.

계약자 상당수가 마물이라는 점을 생각하면 더더욱 강력한 파괴력을 가지리라.

그렇게 사도 4인을 중급 악마로 승격시켜준 뒤, 이신은 본격적으로 모의전을 개시했다.

질 드 레는 늘 그랬듯 마물을 택하여 이신의 상대가 되어주었다.

정찰 단계에서부터 신경전이 치열했다.

질 드 레는 염탐을 하러 온 콜럼버스를 공략하기 위해 일찍부터 헬하운드를 소환해 집요하게 노렸다.

일단 출입구에 헬하운드 1마리를 세워 차단시켜 놓은 질 드 레.

마비침으로 헬하운드를 잠시 제압해 놓고 재빨리 통과하는 방법도 있지만, 질 드 레는 그런 시도를 하지 않으리라는 걸 알고 있었다.

'확실히 위험성이 높긴 하지.'

재빠른 헬하운드는 고작 1초간 마비시켰다고 해서 쉽게 따돌릴 수 있을 리 없었다.

"이거 어떻게 할까요?"

콜럼버스가 물었다.

블링크를 써서 들어가 보냐고 묻는 것이었다.

'콜럼버스를 잡기 위해 함정을 팠나?'

이신은 그런 직감이 들었다.

지금 눈에 보이는 건 1마리뿐.

한 번에 2마리씩 소환되는 헬하운드이니 적어도 2마리는 확실히 있다.

2마리만 소환해 경비만 세워놓고 클로를 잔뜩 소환해 마력석 채집에 집중했을 수도 있다. 혹은 헬하운드를 잔뜩 소환한 채 이신을 칠 준비를 했는지도 모른다.

후자의 경우라면, 질 드 레가 가장 먼저 노릴 것은 단연 콜럼버스였다. 마비침도 있고 이신이 빙의하여 치유 능력을 펼치는 수단이기도 하니까.

콜럼버스가 블링크를 써서 들어오길 기다렸다가 사살하고, 곧장 이신의 진영까지 바람처럼 달려와 공격할 터였다.

'어쨌건 확인을 하지 않을 수가 없군. 질 드 레가 머리를 잘 썼어.'

이신은 결정을 내렸다.

'들어가. 1초 안에 다 둘러보고 빠져나온다고 생각해라.'

"옛!"

마침내 콜럼버스가 블링크를 써서 질 드 레의 본진으로 침투했다.

침투하자마자 헬하운드가 기다렸다는 듯이 반겼다.

한두 마리가 아니었다.

—크르릉!

—크르릉!

—크릉!

"으아악!"

콜럼버스는 기겁을 했다.

오자마자 헬하운드들이 개떼처럼 덮치니 당황하지 않을 수 없었다.

족히 6마리는 되어 보였다.

파앗!

콜럼버스는 다시 블링크를 써서 빠져나왔다.

3초 안에 다시 쓰면 블링크를 펼치기 전의 위치로 되돌아오는 특성을 활용해 탈출한 것.

하지만 그곳에도 헬하운드 1마리가 달려오고 있었다.

콜럼버스가 블링크를 써서 본진에 침투한 순간, 질 드 레는 출입구에 세워 놓았던 헬하운드를 따로 배치해 둔 것.

콜럼버스의 능력을 다 알고 있는 질 드 레이기에 할 수 있는 지능적인 함정이었다.

퓻!

콜럼버스는 다급히 마비침을 쏴서 헬하운드를 뿌리쳤다.

그리고 그야말로 꽁지가 빠져라 달아나기 시작했다.

—크르릉!

—컹컹!

—으르렁!

헬하운드들도 일제히 달려 콜럼버스의 뒤를 쫓았다.

콜럼버스를 쫓아가다 보면 이신의 진영이 나올 거라고 판단했으리라.

헬하운드는 달리는 속도가 매우 빨랐기 때문에 콜럼버스는 마비침을 계속 사용해서 뿌리쳐야 했다.

하지만 그렇게 마비침 5발을 다 소진하고 말았고, 그것이 질 드 레가 노린 바였다.

'모두 출진.'

이신도 소환해 둔 궁병들을 출격시켰다. 노예도 5명이나 끌고 나왔다.

이대로라면 콜럼버스가 잡힐 위기라, 구하러 내보낸 것이다.

전장의 중앙 지역에서 콜럼버스와 합류하는 데 성공했다.

헬하운드들과 격돌!

이신은 재빨리 콜럼버스에게 빙의하여서 치유 능력을 펼쳤다.

노예들이 헬하운드들의 앞을 막으며 블로킹!

이신은 치유 능력으로 블로킹하는 노예들을 치유.

그리고 로흐샨이 유도 사격을 펼쳐서 헬하운드들을 하나씩 일점사했다.

질 드 레 측에서도 추가로 소환된 헬하운드들이 합류하여서, 그야말로 피투성이의 혈전을 치렀다.

'헬하운드의 숫자가 생각보다 적은데?'

정밀한 계산을 자랑하는 이신이 직감적으로 이상함을 느꼈다.

그런데 바로 그때였다.

[계약자 이신의 권속, 중급 악마 질 드 레가 고유 능력을 사용합니다. 300마력이 소모됩니다.]

[계약자 이신의 권속 중급 악마 질 드 레가 전장에 강림합니다.]

'뭐?!'

이신은 깜짝 놀랐다.

이윽고 전장에 질 드 레가 나타났다.

사도였던 시절과 마찬가지로 말을 타고 검을 든 모습으로!

"이건 모르셨을 겁니다. 저도 깜짝 놀랐습니다."

그리 말한 질 드 레는 씨익 웃으며 싸움에 뛰어들었다.

이길 수 있는 싸움이라고 보았던 이신의 계산은 틀리지 않았다.

다만, 중급 악마가 된 질 드 레의 능력이라는 변수가 계산을 엉망으로 만들었다.

이신은 계속 치열하게 맞섰지만 결국 선두에 서서 직접 싸우며 필사적으로 몰아치는 질 드 레에게 패배했다.

첫 모의전을 승리로 마친 질 드 레는 기분이 좋아 보였다.

평소 모의전에서 이신을 이기는 일은 상당히 드물었기 때문.

상대가 주군이라고는 하나, 지는 것보다 이기는 게 더 기분 좋은 건 당연했다.

"훌륭하더군."

"제 능력을 모르셨기 때문이 아니겠습니까."

겸양하는 질 드 레에게 이신이 고개를 저으며 말했다.

"아니, 콜럼버스를 잡으려고 기다렸다가 단번에 공격을 몰아친 것 말이야. 아쉬운 부분도 있었지만 흐름 자체는 좋았어."

"감사합니다. 콜럼버스가 얼마나 중요한 역할을 하는지 익히 경험했던 터라 미리 수를 쓰지 않을 수 없었습니다."

"이제 콜럼버스도 많이 알려졌으니 그 같은 수를 쓰는 계약자도 많이 등장하겠지."

중급 악마로 승격해서 능력이 진화하지 않았더라면 허망하게 콜럼버스가 잡힐 뻔했다.

이신이 이어서 말했다.

"하지만 나라면 헬하운드 1마리를 미리 빼놓아서 퇴로를 차단하는 데 썼을 거다."

"아, 확실히 그랬으면 콜럼버스를 잡을 수도 있었겠군요."

"방금 싸움은 네 새 능력이라는 변수가 없었더라면 결국 내가 이기는 상황이었지. 좀 더 철두철미해지도록."

"예."

아무튼 질 드 레의 새로운 능력 덕에 모의전에 긴장감이 생겼다.

300마력을 소모하여 본인이 전장에 강림할 수 있는 능력!

즉, 300마력을 소모하여서 기사 1기를 소환할 수 있다는 뜻이었다.

300마력이면 헬하운드 12마리를 소환할 수 있으므로, 사실 애매한 능력일 수도 있었다.

하지만 테크 트리와 시간에 구애받지 않고 바로 기사 1기라는, 그것도 질 드 레라는 강한 전력이 즉시 생긴다는 것은 큰 강점이었다.

'게다가 중급 악마가 되면서 전보다 더 강해진 느낌도 드는군.'

지금의 질 드 레는 당장 계약자가 되어도 서열전에 나가 활약할 수 있을 정도였다.

'재미있군.'

악마로서의 고유 능력은 본인의 바람과 누구의 권속이냐에 따라 영향을 받는다고 했다.

계약자로 활약하는 이신의 권속이며, 본래는 질 드 레 자신도 사도로서 함께 활약했던 관계.

자기 자신이 전장으로 강림할 수 있는 능력은, 어쩌면 아직 사도로서 활약하고 싶었던 아쉬움이 반영된 영향인지도 몰랐다.

"다시 한 번 가지."

"예."

이신은 한동안 질 드 레를 상대로 계속 모의전을 치르면서 서열전 감각을 회복했다.

*　　　*　　　*

19위 악마군주 비네와 20위 마르코시아스의 서열전은 상당히 치열했다.

피로스, 그리고 전단.

동서양의 두 명장은 무섭게 치고받으며 승부를 벌였다.

세계 전쟁사에 빠지지 않는 명장 피로스.

그 벽을 넘고야 말겠다는 일념으로 갈고닦은 전단.

양측의 승부는 치열했고 서로 승리와 패배를 반복했다.

19위와 20위의 서열이 계속 서로 뒤바뀔 정도였다.

진 쪽은 어김없이 다시 도전하여서 19위를 탈환하고, 그러면 20위로 내려간 쪽이 다시 도전했다.

쉴 줄을 몰랐다.

한 번 지면, 패배의 원인을 재빨리 복기한 뒤 다시 도전하여 승리를 거두었다.

수많은 전장을 사용하였기 때문에 더 이상 전장을 선택할 수 있는 피도전자의 권리는 큰 이득이 아니게 되었다.

양측 모두 준비했던 모든 전략을 다 드러낸 뒤여서 그 뒤에는 이미 서로 알고 있는 상대의 수를 두고 가위바위보를 하는 심리전이었다.

그리고 결과는…….

"전단이 졌군요."

이신의 말에 그레모리는 고개를 끄덕였다.

“네, 정말 무서운 승부였다고 하네요. 우리야 그 여파로 이득을 보았으니 잘된 일이지만요.”

악마군주 마르코시아스와 전단은 확실히 무서운 투혼을 보여주었다.

연패로 인해 21위까지 떨어졌지만, 다시 쉬지 않고 도전을 시작하여서 20위를 탈환한 뒤, 한숨 돌리고 있던 피로스와 다시 혈전을 치렀다.

그 바람에 악마군주 비네와 피로스는 패배하여 20위로 또 추락하는 수모를 겪었지만, 다시 싸워서 19위를 탈환했다.

이 무서운 대결의 승자는 피로스였다.

백중세의 대결을 펼쳤지만, 결국 전단은 대체로 피도전자의 위치에 있어 심리적으로 더 유리한 채 싸웠던 피로스를 완전히 꺾지 못한 것이다.

피로스도 마찬가지였지만, 전단도 긴 서열전으로 지쳤고 더 이상 낼 수 있는 수도 없었다.

그런 두 악마군주의 대결이 불러온 여파는 그레모리와 이신에게 생각지 못했던 이득을 가져다주었다.

고래 싸움에 새우 등 터지듯이, 서열 21위였던 악마군주 몰렉이 피해를 본 것이다.

전단이 연패하여서 21위로 추락했을 때, 20위로 어부지리로 올라간 악마군주 몰렉이었지만 그것은 결코 좋은 일이 아니었다.

아직 피로스에 대한 투지가 꺾이지 않았던 전단은 다시 20

위부터 도전, 악마군주 몰렉은 패배하였다.

계약자 전단이 지쳐 있는 이 기회를 틈타 20위 자리를 확고히 굳히려 했던 악마군주 몰렉은 오히려 2연패를 당해 22위까지 추락했다.

마력 총량에서 근소한 차이로 그레모리보다도 아래로 내려앉은 것. 그렇게 그레모리는 가만히 앉아 있다가 21위로 한 단계 서열 상승을 한 진정한 어부지리의 주인공이 되었다.

괜히 양측의 싸움에 끼었다가 서열 추락을 당한 악마군주 몰렉으로서는 분통 터지는 일이었지만, 그렇다고 본래의 서열을 되찾기 위해 도전하지는 않았다.

21위를 차지한 악마군주는 바로 상승세의 주인공인 그레모리.

72악마군주의 축제에서 마신과 서열 1위 악마군주 아가레스가 그 활약상을 인정했을 정도로 엄청난 실력을 자랑하는 계약자 이신이 그 상대였다.

"몰렉은 도전해 오지 않을 거예요. 우리도 곧 서열전을 시작할 예정임을 알 테니, 아마 좀 더 관망하는 쪽을 택하겠죠."

"그럼 우리의 첫 상대는 악마군주 마르코시아스군요."

"네, 계약자 전단은 많이 지쳐 있으니 지금처럼 좋은 기회가 없죠."

그레모리는 짐짓 눈웃음을 지으며 이신에게 말했다.

"상대가 지쳐 있을 때 승부를 거는 건 좀 비겁한 생각일지도 모르겠네요. 카이저는 어떻게 생각하세요?"

마치 이신을 시험하는 듯한 질문이었다.

이에 이신은 표정 하나 변하지 않고 답했다.

"좋은 기회를 놓칠 이유가 없습니다."

그 말에 그레모리는 의외라는 표정이었다.

그녀도 이신을 알고 있었다.

이신이 서열전이라는 악마들의 유희에 깊은 흥미와 열정을 느끼고 있으며, 서열 상승이나 다른 것보다 새로운 상대를 만나 실력을 겨루는 것에 의미를 두고 있다는 사실을 말이다.

그런 이신이 정정당당하게 실력을 겨루는 것보다, 상대가 지친 틈을 놓치지 않는 쪽에 더 관심을 보인 것이다.

이신이 말했다.

"우리가 서열 1위이고 나폴레옹이나 알렉산드로스 같은 도전자를 맞이했을 때는 정정당당하게 실력을 겨루는 쪽에 관심이 있을지도 모르겠습니다."

"지금은요?"

"너무 지친 나머지 도전을 받을 준비가 안 되어 있다면 그것도 실력입니다. 제가 전에 리처드 1세에게 1패를 당한 걸 변명하지 않듯이 말입니다. 무엇보다……."

이신의 말이 이어졌다.

"고작 21위입니다."

악마군주 그레모리는 끝내 감탄을 하고야 말았다.

최하위에서 악마군주의 지위를 지키는 것마저 힘에 부쳤던 때가 불과 얼마 전의 일이었다.

72위에서 21위까지 단시간에 이룬 이 업적은 얼마나 놀라운가?

이신은 그럼에도 고작이라고 말하는 것이었다.

"이렇게 낮은 곳에서 아등바등하는데 일일이 낭만을 찾는 취미는 없습니다. 아직 갈 길이 멉니다."

그랬다.

그것이 한 번도 약자였던 적이 없었던 이신의 프라이드였다.

끝내 벽을 뚫지 못하고 20위에 머무른 전단.

19위에서 10위권대로 가는 진입로의 수문장 역할을 하는 피로스.

그리고 21위에 있는 자기 자신까지.

이신의 관점에서는 라이벌이나 좋은 승부 같은 걸 찾을 정도로 팔자 좋은 상황이 아니었다.

그런 걸 하고 싶으면 나폴레옹과 알렉산드로스처럼 서열 1, 2위에서 하지, 왜 이런 낮은 곳에서?

게임으로 치자면, F등급 허접들끼리 라이벌 의식을 갖고 대결하는 게 멋있어 보일 리가 없지 않은가.

"피로스도 지쳐 있을 테니 이참에 19위까지 다이렉트로 가죠."

"네, 그래요."

그레모리는 그런 이신을 보며 미소를 지었다.

자신의 계약자가 관심 있어 하는 건 서열전 그 자체가 아니었다.

그보다 좀 더 포괄적인 개념.

'최고의 자리를 겨루는 승부, 그 여정을 사랑하는 거야.'

아직 꺾어야 할 상대가 있는 한 절대로 지칠 남자가 아니었다.

자신을 모조리 불살라서 재조차 남지 않을 때까지 멈추지 않을 것이다.

그레모리는 이 남자와 함께 어디까지 갈 수 있을지 궁금했다.

두근거리는 마음으로 그 치열한 여정을 함께하게 된다.

"준비는 됐나요?"

"예."

"그럼 마르코시아스에게 갈까요? 그쪽은 우리를 그리 환영하지 않겠지만요."

그러면서 그녀는 이신에게 손을 내밀었다.

이신은 의아해했지만 그 손을 맞잡았다.

그녀가 미소를 짓자 이신은 심장이 뛰는 걸 느꼈다.

파앗!

두 사람은 텔레포트로 사라졌다.

* * *

"왔나. 그리 반기고 싶지 않은 손님이 오셨군."

날개 달린 늑대의 형상을 띤 악마군주 마르코시아스가 으르렁거리듯이 특유의 괴이한 목소리로 말했다.

"그럼 우리가 왜 왔는지도 알겠군?"

"적절한 때를 찾아왔군그래."

"미안하지만 이쪽은 갈 길이 바빠서."

"갈 길이 바쁘다?"

마르코시아스는 그레모리를 빤히 바라보았다.

"참으로 자신만만하구나. 얼마 전까지 자신이 어떤 처지였는지 망각했나 보지?"

"지나고 나면 다 추억이지."

그러면서 빙긋이 웃는 그레모리였다.

마르코시아스는 코웃음을 쳤다.

"아무튼 좋다, 겨루지. 전장은 제4전장 엔터홀, 마력은 역시 5만이 적당하겠군."

그레모리는 흘깃 이신을 바라보았다.

'넓고 마력이 분포된 지역이 많아 확장이 용이한 전장이다. 마물에게 좀 더 유리하지만 휴먼도 그리 나쁘지 않아.'

이신은 고개를 끄덕였다.

그레모리는 그 제안을 수락했고, 이윽고 양측은 전장으로 이동했다.

"이렇게 만나게 되었군."

전단이 인사를 해왔다. 이신도 고개를 끄덕였다.

"일대일로 만나게 되었을 땐 부끄러움 없이 겨루기로 했지. 그렇다면 축제 때처럼 망신당하지 않도록 최선을 다해야겠군."

"기대하겠습니다."

"하핫, 그것 좋지."

[악마군주 그레모리님과 악마군주 마르코시아스님의 서열전입

니다. 전쟁의 승패가 서열과 마력에 영향을 줍니다. 마력은 총 10만이 베팅됩니다.]

[마력 10만이 마력석이 되어 전장에 유포됩니다.]

[종족을 선택해 주십시오.]

"휴먼."

"마물."

두 사람은 각자의 종족을 골랐다.

[서열전이 시작됩니다.]

[악마군주 그레모리님의 계약자 이신님과 악마군주 마르코시아스님의 계약자 전단님께서 참전합니다.]

그렇게 서열전이 시작되었다.

제2장

불꽃

축제에서 전단은 한신, 범려와 한 팀이었다.

팀의 리더가 한신이었기 때문에 전단의 전략가적 역량을 보지 못했지만, 고유 능력이 무엇인지는 확인했다.

전단이 가진 고유 능력은 저주의 불꽃.

하늘에서 검은 불꽃이 비처럼 쏟아져 전투 현장을 덮쳤던 걸로 기억했다.

저주의 불꽃에 맞으면 일시적으로 행동이 느려졌고, 반대로 전단의 병력은 더욱 사나워졌더랬다.

'그 능력을 이용해 한 방 싸움을 하려 들겠지.'

이신은 전단의 스타일을 유추했다.

고유 능력을 사용하려면 200 내지 300마력이 소모된다.

능력의 효과에 따라 마력 소모량이 더 늘어나는데, 전단의 능력은 효과가 매우 크므로 300마력 이상은 필요할 거라고 판단되었다.

때문에 전투 때마다 일일이 저주의 불꽃을 사용하지는 못한다.

중요한 전투에서 사용해야 마력 투자 대비 효과가 극대화된다.

그렇다면 전단의 서열전 스타일도 그 고유 능력에 맞춰질 가능성이 높다고 이신은 판단했다.

'큰 규모의 병력이 동원되는 묵직한 전투를 선호할 것이다.'

즉, 소규모 교전을 싫어한다.

그런 데 낭비할 병력이 있으면 모았다가 묵직한 전투에 동원할 터.

달리 말하면 견제 플레이도 잘하지 않을 가능성이 높았다.

확실히 까다로운 능력이었다.

승부를 결정짓는 중요한 전투에서 전단이 저주의 불꽃을 쓴다면, 이신으로서는 두려울 수밖에 없었다.

그런 전투에서 크게 대패하면 유리했던 전세도 삽시간에 역전되니까.

이런 요소를 모두 고려한 끝에 내린 이신의 결론이 바로 초반 전략!

저주의 불꽃을 펼치는 데 필요한 마력을 쉽사리 쓸 수 없는 초반 상황이 전단의 약점이다.

1초라도 더 시간을 아껴야 하고, 1마력이라도 더 아껴서 필요한 데 써야 하는 초반에 고유 능력을 펼칠 수 있는 여분의 마력을 쓰지 않고 모아놓는다는 건 있을 수 없는 일.

그 정도의 마력을 쓰지 않고 지니고 있었다는 것은, 엄청난 시간과 마력의 낭비였다.

그런 면에서 이신은 누구보다도 유리했다.

이신의 고유 능력 치유는 한 번에 많은 마력이 필요하지 않다.

1초에 5마력씩.

초반 상황에서는 이신이 유리한 셈이었다.

'대신 휴먼은 초반에 약하니 비슷하군.'

역시나 계약자들의 능력이든 종족별 특징이든 다 장단점이 있는 법이었다.

아무튼 한 번 걸어볼 만한 승부였다.

어차피 한두 판으로 끝날 서열전도 아니니, 시도할 수 있는 모든 전략을 다 동원하는 게 옳았다.

일단 첫 번째 전략을 시도하기로 했다.

이는 전단이 알고 있는 자신의 약점을 역이용한 초반 전략이었다.

*　　　*　　　*

'얼마나 강력한 상대를 만났는지는 내 충분히 알지.'

전단은 72악마군주의 축제를 떠올렸다.

그때 보여준 이신의 능력은 실로 무서웠다.

한신의 기지(奇智)로 인해 이신은 한신, 범려, 전단 세 사람의 병력에게 앞뒤로 협공받게 되었다.

순간적으로 발휘한 한신의 그 계책대로라면 이신의 주력 병력은 꼼짝없이 몰살당하고, 사실상 3 대 2의 유리한 상황이 되어야 했다.

하지만 그 순간 이신은 신묘한 용병술을 펼쳐보였다.

열세의 병력을 귀신같이 움직여 3인의 군세를 오랫동안 상대하며 시간을 벌어주었다.

그 탓에 결국 한신 측은 패배하고 말았다.

'그러한 용병술의 이치는 듣도 보도 못했다. 병법을 넘어선, 계약자이기에 할 수 있는 용병술이지. 흉내 내보려 해도 너무 어려워서 따라할 수가 없었다.'

가상의 키보드와 마우스라는 이신의 컨트롤 기법을 알 리 없는 전단이었다.

전단이 생각하기에 이신은 생각만 해도 이가 갈리는 적수 피로스보다도 몇 수 위였다.

'하지만 내게는 저주의 불꽃이 있으니 전투에서는 충분히 승산이 있다.'

아마 이신도 이를 알고 있기 때문에 적극적으로 공격을 펼쳐오지 못할 거라고 전단은 확신했다.

이 점을 이용하여서 전단은 보다 과감하게 싸움을 풀어나갈 생각이었다.

넘어서고 싶은 라이벌이 피로스라면, 이신은 그보다 더 강력한 자.

'재미있겠구나!'

전단은 오히려 더 투지가 샘솟는 것을 느꼈다.

그런 강한 적을 꺾는 것만큼 기분 좋은 성취는 없을 테니까.

그러기 위해서는 일단 이신의 눈과 귀가 되는 존재부터 제거해야 했다.

'콜럼버스라고 했던가? 그 사도를 먼저 잡아야 한다.'

전단은 축제 때 이신의 능력을 본 바가 있었다.

신묘한 용병술로 병력을 귀신같이 다루던 솜씨에 혀를 내둘렀었다.

그리고 이신은 콜럼버스라는 사도를 앞세워 정찰을 했다.

그 사도는 공간을 건너뛰는가 하면 마비침을 쏘고, 심지어 이신이 빙의하는 대상이기도 했다.

달리 말하면…….

'그 사도가 이신의 약점이다.'

그 사도를 제거하면 이신은 많은 부분에 제한이 걸려서 초반에 섣불리 움직이지 못할 터였다.

전단은 앞마당에 마력석 채집장을 구축하면서, 헬하운드를 4마리만 소환했다.

클로를 보내 정찰한 결과, 이신은 7시에 있었다.

본진 출입구에 노예 1명을 세워놓고 안으로 정찰 들어오지 못하게 막는 모습.

결국 전단은 본진 내부는 확인 못 했다.

'그래봤자 초반에 약한 휴먼의 한계가 있으니 한동안 본진에서 못 나올 터다.'

클로는 계속 이신의 앞마당에 얼씬거리며 이신의 동태를 체크했다.

이신이 언제 본진에서 나와 앞마당에 마력석 채집장을 가져가려 하는지 확인하는 것.

게다가 콜럼버스가 언제 정찰을 하러 나오는지도 확인할 참이었다.

그런데 잠시 후,

[적이 출현했습니다.]

콜럼버스가 전단의 진영에 나타났다.

'다른 곳을 정찰 갔다가 이쪽에 온 거구나.'

전단은 대수롭지 않게 여겼다.

소환해 놓은 헬하운드 4마리를 출격시켰다.

한 마리 한 마리 흩어놓은 채, 콜럼버스가 접근하길 기다렸다.

접근한 순간 4방면에서 덮쳐 사냥할 생각이었다.

그러면 제아무리 공간 이동 능력이 있어도 빠져나갈 수 없을 터였다.

콜럼버스가 전단의 앞마당에 들어와 한창 건설 중인 마력석 채집장을 확인했다.

전단은 참을성 있게 기다렸다.

'본진에 들어오면 잡는다.'

콜럼버스는 본진으로 들어갈 듯 말 듯 하면서 출입구에서 서성거렸다.

무언가 좋지 않은 낌새를 알아챈 모양이었다.

'눈치가 빠르군. 너무 무방비로 출입구를 열어줬나?'

콜럼버스가 뒤돌아 떠나려는 순간,

'공격!'

전단이 명령을 내렸다.

—크르릉!

—컹컹!

본진에 있던 헬하운드 1마리가 앞마당으로 나와 콜럼버스를 쫓았다.

앞마당 마력석 뒤에 숨어 있던 헬하운드도 뛰쳐나와 콜럼버스를 덮쳤다.

깜짝 놀란 콜럼버스는 부리나케 도망쳤다.

일반 노예보다 약간 더 스피드가 빠른 것이, 따로 이동속도를 올려주는 방어구를 착용한 모양이었다.

'너도 덮쳐라!'

앞마당 바깥쪽에 잠복해 있던 헬하운드 1마리도 사냥에 합류했다.

그러면서도 전단은 남은 1마리를 보여주지 않았다.

그 1마리는 콜럼버스가 공간 이동을 펼친 순간 비로소 선보여서 퇴로를 차단시키겠다는 용의주도한 생각이었다.

헬하운드 4마리가 몰이사냥을 하니, 제아무리 날쌘 콜럼버스라도 위급할 수밖에 없었다.

콜럼버스는 마비침까지 쏘며 계속 추격을 뿌리쳤다.

아슬아슬한 상황에도 끈질기게 공간 이동 능력을 쓰지 않고 아끼는 모습이었다.

'어서 써라!'

전단은 이번 대결의 포인트인 콜럼버스 사냥에 주력했다.

그러면서도 본진과 앞마당에서는 계속 클로들이 소환되고 있었다.

마력석을 채집하는 클로들이 점점 많아졌다.

병력 하나 없이 본진에 마법진을 하나 더 건설하는 여유까지 보이는 전단.

휴먼을 상대로 초반에는 위험한 상황이 없으니, 넉넉하게 마력을 확보하겠다는 의도였다.

전단의 유일한 병력인 헬하운드 4마리는 콜럼버스를 사냥하는 데 투입된 상황이었다.

그런데 무언가 이상했다.

저 콜럼버스의 움직임은 단순히 황급히 달아나는 게 아닌 듯했다.

약 올리는 듯한.

헬하운드들을 유인하는 듯한 모습이었다.
그런 이상한 낌새를 육감으로 느꼈을 때였다.

[적의 습격을 받았습니다!]

"뭐?!"
전단이 놀라 버럭 소리를 쳤다.
궁병 3명이 전단의 앞마당에 들이닥쳤던 까닭이었다.
대관절 저 병력이 어디서 나타났단 말인가?
이신의 앞마당은 아직도 전단이 정찰 보냈던 클로가 감시 중이었다.
이신의 본진에서 궁병들이 공격 나온 것을 전단이 몰랐을 리가 없었다.
그렇다면 답은 하나였다.
'다른 지역에다가 병영을 몰래 숨겨 지었나.'
날카롭게 들어온 기습이었다.
본진과 앞마당에 있는 모든 마법진에서는 클로를 소환하는 중이라 헬하운드를 새로 소환할 틈이 없었다.
완전히 노리고 들어왔다.
헬하운드가 본진에도 더 있었더라면 실패했을 기습 작전이었다.
전단이 최소한의 헬하운드만 확보한 채 클로만 소환하여 마력석 채집에 열중할 거라고 예상하고 찌르고 들어온 이신의 과감함!

하지만 전단은 동요하지 않았다.

'최소한의 피해로 막아내면 내가 이득이다.'

이신은 다른 지역에 병영을 건설하고 궁병을 소환하느라 더 많은 시간과 마력을 소모했다.

그만큼 가난한 상태라는 것.

약간 피해를 입는다 해도 여전히 유리한 건 전단이었다.

'일단 콜럼버스는 잡아야지.'

헬하운드 2마리는 수비를 위해 본진으로 돌아오게 했다.

남은 2마리는 여전히 콜럼버스 사냥에 집중했다.

콜럼버스는 추격을 뿌리치느라 마비침을 다 쓴 상황.

'저놈만 잡으면 큰 이득이지.'

기습 들어온 궁병 3명은 앞마당에서 일하던 클로들을 1마리씩 사살했다.

일단은 클로들을 본진으로 대피시켰다.

궁병 3명이 뒤쫓아서 본진으로 들어왔다.

그 궁병들은 특공대였다.

살아 돌아가지 못하는 걸 각오하고, 최대한 많은 피해를 입히겠노라 작정한 채 적 본진에 거침없이 들어온 것이다.

쉬쉭—

—크엑!

—키익!

클로들이 계속 죽어나갔다.

전단은 클로 다수를 싸움에 동원했다.

넓게 펼쳐지듯이 궁병들을 에워싸려 들었다.

하지만 궁병들은 기가 막히게 포위를 빠져나가면서 계속해서 활을 쐈다.

이신 특유의 신묘한 용병술이 펼쳐진 것이다.

전단의 본진 건물들을 방벽 삼아 숨어 다니며 싸우는 궁병들의 움직임은 절묘하고 얄미웠다.

—크르릉!

—컹컹!

돌아온 헬하운드 2마리가 합류하여서 덤벼들었지만, 궁병들은 죽을 때까지도 오직 클로들만 집중 공격 해 전단에게 큰 피해를 입혔다.

생각보다 피해가 커서 전단은 심기가 불편해졌다.

'하지만 저 사도만 잡는다면……!'

그 순간,

파앗!

마침내 콜럼버스가 공간 이동을 펼쳤다.

'좋아!'

헬하운드 2마리는 10미터 떨어진 거리에 나타난 콜럼버스를 맹렬히 쫓았다.

그런데 3초 후에,

파앗!

뜬금없이 자취를 감춘 콜럼버스는 처음 공간 이동을 펼치기

전의 위치로 되돌아왔다.

헬하운드들을 따돌리는 데 성공한 콜럼버스는 이신의 진영으로 유유히 귀환했다.

'저런 능력도 있었나.'

전단은 허탈감을 느꼈다.

이신과 전단의 대결.

전단은 줄곧 끌려다니며 최악의 출발을 했다.

피해를 입혔지만 이신은 낙관하지 않았다.

기습 작전으로 사살한 클로 숫자는 마법진에서 소환하여 금세 충당했을 게 분명하니까.

하지만 휴먼 상대로 유리할 수밖에 없는 마물의 상황이, 서로 팽팽한 정도로 균형이 맞아졌다는 데에 의미가 있었다.

이신도 불안 요소를 가지고 있었다.

기습 작전을 실행하느라 가난하게 출발한 것.

병영 2채 중 1채는 바깥에 있어서 언제 적에게 파괴될지 모른다는 점.

하지만 그렇듯 위험 요소를 안고 있는 상태에서도 이신은 아무렇지 않게 운영을 해나갔다.

'싸움을 오래 끌 생각이 없으니까.'

이신은 앞마당에 얼씬대던 클로를 쫓아내고, 그 자리에 화살탑을 짓는 모습까지 보여주었다. 달아나는 클로가 그것을 분명히 보았다.

이제 전단은 이신이 앞마당에 마력석 채집장을 구축하며 앞을 도모한다고 생각할 터였다.

타이밍으로 봐도 적절했다.

기습 작전으로 전단을 한 번 흔든 뒤에 확장하며 세를 늘리는 자연스러운 흐름이니까.

하지만 결론부터 말하자면 이신은 마력석 채집장을 구축할 생각이 전혀 없었다.

화살탑은 속임수.

이신은 모든 마력을 투여하여서 병력을 바짝 모으고 있었다.

이신의 운영에 보조를 맞춰서, 전단 역시 풍부하게 마력을 모으며 운영 싸움을 준비하느라 방비가 일시적으로 허술해질 터.

그 틈을 찌르겠다는 생각이었다.

중요한 것은 타이밍.

한 번 속였다고 해서 낙관할 수 없다.

이미 아까도 속아서 낭패를 보았던 전단이라면, 이신의 의도를 다시 한 번 의심할 수 있기 때문이다.

일시적으로 속고 있는 상태인 이때, 이신은 신속하게 치고 나가야 했다.

로호샨과 이존효가 소환되었다.

병력이 충분히 모이자 이신은 지체 없이 공격 명령을 내렸다.

본진과 바깥 2곳의 병영에서 소환된 두 무리의 병력이 일제히 전단의 진영을 향해 진격했다.

콜럼버스도 포함된, 이신이 이 시간에 낼 수 있는 최대의 전력이었다.

전단의 헬하운드들이 정찰을 다니다가 병력과 맞닥뜨렸다.

두 무리의 군세 중 하나가 발각된 것.

다른 하나는 아직 발각되지 않았지만, 이신이 앞마당으로 확장하는 척하면서 공격을 시도했다는 사실은 이미 전단도 알아챘을 터였다.

'전속력으로!'

이신이 명령했다.

비로소 전단도 촉수탑을 짓고 병력을 부랴부랴 소환하며 디펜스를 시작했다.

하지만 약간 늦은 감이 있었다.

이미 앞마당까지 들이닥친 이신이 즉각 공격을 퍼붓기 시작한 것이다.

"다 죽여라!"

[계약자 이신의 사도 중급 악마 이존효가 능력 광기를 사용합니다.]

[주변 아군이 광기에 휩싸여 공격력이 크게 강화되었습니다.]

이존효가 장창병들과 함께 돌격했다.

이신은 재빨리 컨트롤을 펼쳐 방패병들로 벽을 만들고, 그 뒤에서 장창병들이 공격하게 했다.

그리고 콜럼버스에게 빙의하여서 치유를 펼치기 시작했다.

[계약자 이신님께서 고유 능력을 사용합니다. 1초에 5마력씩 소모됩니다.]

[주변의 모든 아군의 체력이 회복됩니다.]

[치유 능력이 적용되는 범위를 조절할 수 있습니다.]

[적용 범위가 좁을수록 치유 효과가 상승합니다.]

상급 악마가 되면서 바뀐 능력을 이신은 십분 활용했다.

범위를 최소로 축소한 채, 공격받는 병력만 딱딱 골라서 치유시켜 능력 활용을 극대화시킨 것이다.

그러자 괴로워진 쪽은 전단이었다.

부랴부랴 소환한 헬하운드들을 모두 투입하고도 모자라서 앞마당에서 일하던 클로들까지 총동원했다.

마력석을 채집해야 하는 클로들이 죽어나갈수록 전단은 가슴이 쓰라릴 지경일 터였다.

하지만 이신도 마력석 채집장을 새로 가져가지 않고 다 쏟아부은 올인성 총공격이었기 때문에 이 공격이 막히면 매우 불리해진다.

치열하게 싸우는 와중에도 이신은 로흐샨에게 따로 일렀다.

'석궁병 5명만 데리고 잠시 뒤로 물러나 있어라.'

"옛?"

로호샨은 깜짝 놀랐다.

전력을 모두 집중시켜야 하는 중요한 순간인데, 일부를 데리고 물러나 있으라니 의아할 수밖에 없었다.

그러나 명령을 받은 탓에 일단 시키는 대로 석궁병 5명을 데리고 뒤로 물러나는 로호샨.

이신이 그런 지시를 내린 이유는 곧 밝혀졌다.

[계약자 전단님께서 고유 능력을 사용합니다.]

[저주의 불꽃이 전장에 소환됩니다.]

전단이 악마로서의 고유 능력을 펼친 것이다.

하늘에서 검은 불꽃이 떨어져 전투 현장을 덮쳤다.

[저주의 불꽃에 닿은 적이 일시적으로 더 사나워집니다.]

[저주의 불꽃에 닿은 아군이 일시적으로 더 느려집니다.]

이신의 병력은 모두 느려지고, 전단의 마물들은 더 사나워졌다.

전세가 한 번에 뒤바뀌는 듯했다.

하지만,

'지금이다!'

"옛, 주군!"

지옥의 불꽃에 영향받지 않은 석궁병 6명이 있었다.

잠시 물러나 있었던 로흐샨과 5인의 석궁병이었다.

로흐샨은 그들을 이끌고 달려들어 헬하운드들을 1마리씩 일점사했다.

[계약자 이신의 사도 중급 악마 로흐샨이 능력 유도 사격을 사용합니다.]

[로흐샨과 가까운 아군 석궁병 10인이 동일한 타이밍에 동일한 지점을 적중시킵니다.]

—깨갱!

헬하운드가 10대의 화살에 맞고 단번에 즉사.

로흐샨이 이끄는 팔팔한 석궁병들은 계속 이신의 컨트롤에 따라 헬하운드부터 하나씩 일점사해 제거해 나갔다.

로흐샨의 능력은 의외의 효과가 더 있었다.

저주의 불꽃에 당해 행동이 느려졌던 석궁병 4명도 로흐샨의 유도 사격에 따라 덩달아 화살을 쏘게 되었다.

로흐샨은 계속 5초에 1번씩 유도 사격을 펼치며 마물을 하나둘 제거해 나갔다.

저주의 불꽃과 함께 거세게 반격하려 했던 전단이었지만, 형세가 여의치 않았다.

이신이 미리 방패병을 앞세워 놓고 벽을 쌓아놓은 탓이었다.

저주의 불꽃 때문에 행동이 느려졌어도, 방패병들은 커다란

사각 방패를 들고 굳건히 버텨 역습을 가로막았다.

양측의 피해가 속출하는 가운데, 이신의 추가 병력이 도착했다.

추가 병력은 모두 장창병이었다.

'돌파해라.'

새로 합류한 장창병들은 병력이 크게 줄어서 마물의 진형이 느슨해진 틈을 타 돌파를 시도했다.

거침없이 장창을 내지르며 돌파한 장창병들이 마침내 전단의 본진에 도달했다.

이신은 재빨리 컨트롤했다.

장창병들이 뿔뿔이 흩어져서 사방을 공격해 전단을 정신없게 만들었다.

그 와중에 일하는 클로들을 공격하는 장창병이 큰 파격을 입히고 있었다.

전단도 갖은 수단을 다 동원했지만, 상황은 점점 최악으로 치닫고 있었다.

'좀 더 잘 싸웠더라면 이길 수 있었을 텐데!'

전단은 안타까움에 한탄했다.

하지만 하나는 인정해야 했다.

이신이 워낙에 잘 싸웠다.

자신의 저주의 불꽃에 대한 대처가 기가 막혔고, 후속 병력으로 장창병만 집중 소환하여서 돌파한 전술적 설계도 절묘했다.

모든 게 딱 맞물린 톱니바퀴처럼 맞아떨어진 신기의 전술!

'방패병을 피해 병력을 우회시킬 수도 없었지. 지형이 워낙 협소했으니까. 차라리 일부 마물들을 밖에 빼두었다가 앞뒤에서 협공했다면 더 좋았을 것이다.'

아쉬움에 만약에, 라는 가정이 자꾸만 머릿속에 맴돌았다.

하지만 근본적으로 자신은 이신의 전략에 속아 넘어갔다.

속았다는 사실을 알아챌 시간도 주지 않고 폭풍처럼 몰아붙였다.

'역시 강하다.'

[악마군주 마르코시아스님의 계약자 전단님께서 패배를 선언하셨습니다. 악마군주 그레모리님의 승리입니다.]

[악마군주 그레모리님께서 마력 5만을 획득하셨습니다.]

[악마군주 그레모리님의 마력 총량이 1,564,710이 되셨습니다. 서열의 변동은 없습니다.]

[악마군주 마르코시아스님의 마력 총량이 1,583,400이 되셨습니다. 서열의 변동은 없습니다.]

첫 번째 대결은 이신의 승리였다.

차이가 급격히 좁혀졌지만 아직 서열이 뒤바뀌지는 않았으므로, 이신과 그레모리는 물론 계속 도전할 생각이었다.

"우리가 졌군. 물론 이걸로 서열전을 끝낼 생각은 없을 테지?"

"물론이다."

늑대의 모습을 하고 있음에도 악마군주 마르코시아스의 표정이 매우 안 좋다는 것을 알아볼 수 있을 것 같았다.

마르코시아스는 이신에게 고개를 돌리고는 물었다.

"소원을 말하라. 나는 네 원수를 불태울 수 있고, 불에 닿는 모든 것을 돌로 만들어 버릴 수도 있다. 네 원수가 내가 아니라면 말이지."

"불태우고픈 대상이 없으니 소원은 마력으로 만족합니다."

이신은 덤덤히 말했다.

마르코시아스는 한숨을 푹 쉬더니, 자신이 지닌 총량의 1%에 해당되는 마력을 이신에게 건네주었다.

[악마군주 마르코시아스님의 마력 15,834가 계약자 이신님에게 전달됩니다.]

[마력: 55,085/55,085]

권속 넷을 중급 악마로 만들어주면서 줄었던 이신의 마력이 다시 5만 5천가량으로 올랐다.

그리고 악마군주 마르코시아스의 경우는 마력 총량이 1,567,566으로 그레모리와의 격차가 고작 3천 마력가량으로 줄었다.

"또 도전하겠다. 전장과 베팅할 마력을 골라라."

그레모리가 다시 한 번 자신 있게 말했다.

마르코시아스의 만면이 일그러졌다. 이제는 최소치인 1만 마력만 베팅해도 지면 서열이 하락하게 생겼다.

"내 계약자와 상의할 테니 잠시 기다려라."

그러면서 전단과 함께 뭐라고 대화를 나누기 시작했다.

"고민이 많겠어요. 카이저를 이길 자신이 없을 테니까요."

"전단이 많이 지쳐 있는 건 사실입니다. 판단력이 좀 무뎌져 있는 게 느껴집니다."

"이번 싸움이 끝나면 마르코시아스도 당분간 자신의 계약자에게 휴식을 주어야 해요. 본래 서열 35위였던 마르코시아스가 여기까지 올라온 데는 계약자 전단의 큰 노고가 있었으니까요."

그레모리의 말에 이신은 고개를 끄덕이며 답했다.

"쉬고 싶은지 아직 더 싸우고 싶은지는 곧 밝혀지겠지요."

이윽고 마르코시아스가 다가와 말했다.

"제5전장 이블 홀, 1만 마력을 베팅하겠다."

최소치의 베팅.

최소한의 피해로 패배의 리스크를 감수하겠다는 의지가 담겨 있었다.

악마군주 마르코시아스는 지친 자신의 계약자 전단을 쉬게 해주기로 결심한 듯했다.

그렇다면, 이번 싸움이 마지막이라는 뜻이었다.

만약 한 번만 더 이겨서 서열이 바뀌면, 전단 측은 복수를 위해 도전하지 않고 조용히 물러날 것이다.

'잘됐군.'

이신도 19위에 있는 피로스와도 싸워야 했기 때문에 길게 싸우고 싶지 않았다.

서열만 올릴 수 있다면 싸움은 짧고 간단할수록 좋았다.

어디까지나 그의 목표는 1위였으니까.

양측은 제5전장 이블 홀로 이동했다.

[악마군주 그레모리님과 악마군주 마르코시아스님의 서열전입니다. 전쟁의 승패가…….]

서열전이 시작되기에 앞서 전단과 이신은 서로를 마주 보았다.

전단은 확실히 지쳐 있었으나, 그것을 티낼 정도로 나약한 사내는 아니었다.

여전히 강직한 눈빛을 가지고 있었다. 순순히 져줄 생각은 없다고 말하는 듯했다.

[서열전이 시작됩니다.]

제3장

피로스의 군단

두 번째 대결도 이신의 승리였다.

이번에는 보다 무난하게 승리를 거두었는데 전단으로서는 아무것도 해보지 못한 무기력한 패배가 되었다.

하지만 그럴 수밖에 없었다.

전단으로서는 처음 접해본 전략이었을 테니까.

결론부터 말하자면, 이신은 로흐샨과 그리핀 편대를 꺼내 들었다.

이신 특유의 공중전 운영이 로흐샨의 활 솜씨와 유도 사격 능력과 합해진, 빛나는 전략이었다.

제5전장 이블 홀은 본진에 앞마당과 뒷마당이 붙어 있는 구조고, 그곳에 모두 마력석이 분포되어 있는 까닭에 마물이 마력석 채집장을 늘리기 용이했다.

전단은 앞·뒷마당에 모두 마법진을 그리고 부유하게 출발했다.

또한 타이밍을 노리는 이신의 기습 공격을 경계하여서 헬하운드를 6마리까지 소환했다.

6마리의 헬하운드는 이신을 본진 출입구에 서성거리며 강력한 압박을 넣었다.

뿐만 아니라 클로 1마리가 수시로 전장을 순회하며 또 몰래 지은 건물이 없는지 체크했다.

극도로 꼼꼼한 운영으로 전황을 안전하게 자신의 우위로 가져가는 전단.

하지만 위험은 그가 볼 수 없는 이신의 본진 안에서 피어나고 있었다.

애초에 제4전장 이블 홀에서 마물을 상대하는 이신의 전략은 정해져 있었다.

지형 구조상 초반에 약한 휴먼이 상대적으로 가난해질 수밖에 없는 전장이었다.

이신은 아예 출입구를 봉쇄해 버리고 테크 트리를 올리는 데 집중, 최단 시간에 그리핀을 소환했다.

그리핀은 소환되자마자 로흐샨을 비롯한 석궁병을 태우고 전단의 진영으로 날아갔다.

그리고 끊임없고 지속적인 견제 플레이가 시작되었다.

수시로 치고 빠지며 괴롭히는 그리핀 편대는 굉장한 위험이었다.

지대공 방비를 해놓아도, 귀신같이 빈틈을 찾아내 공략하는 이신.

그리고 숙달될 대로 숙달되어서 빗나가는 법이 없는 로흐샨의 활 솜씨는 유도 사격 능력과 결합되어서 원 샷 원 킬로 5초마다 성과를 냈다.

그렇게 끊임없이 피해를 입혀서 불리한 출발로 인한 마력 격차를 줄여 나가고, 전단의 세력 확장을 억제했다.

그러면서 이신 자신은 투석기를 비롯한 지상군을 모아서 출진했다.

전단이 그리핀 편대에게 휘둘리는 사이에 바람같이 진격해서 그의 앞마당 앞에 자리를 잡는 데 성공!

그리핀 편대를 쫓아다니느라 전단의 마물 군대가 우왕좌왕하는 틈에 귀신같이 치고 들어간 것이다.

일단 한번 자리를 잡고 나니, 마르몽이 조종하는 투석기는 큰 위력을 발휘했다.

앞마당 앞에 집결한 채 공성을 벌이는 이신의 지상군은 그리핀 편대의 전초기지가 되었다.

로흐샨은 보다 과감하게 치고 들어갔다가 위험해지면 아군이 있는 곳으로 도망치며 계속 활약했다.

전단은 앞마당을 타격하는 적 군세를 걷어내기로 결심했다.

마물 군단을 절반으로 나눠서 뒷마당을 통해 우회시키는 판단을 내렸다.

앞뒤에서 협공해 괴멸시킬 생각이었다.

하지만 이신은 전단의 뒷마당 샛길도 감시하고 있었다.

애초에 하늘을 날며 제집처럼 전단의 진영을 누비는 그리핀 편대의 시선을 피하기란 어려웠다.

마물 군단의 절반이 뒷마당으로 우회하는 순간, 이신의 지상군은 총공세를 펼쳤다.

병력이 절반으로 줄어든 틈을 타 돌격!

앞마당이 파괴되었고, 동시에 본진도 그리핀 편대의 타격을 받았다.

그제야 뒷마당으로 우회하던 병력을 다시 불러들이는 전단.

앞마당도 본진도 막아야 했던 전단은 절반으로 나눠었던 병력을 또 나눠야 했고, 차례로 이신에 의해 각개격파 당했다.

위기의 순간에 저주의 불꽃을 펼치려 했던 전단은 그만 헛웃음을 터뜨려야 했다.

이번에도 전 판과 같은 구도였다.

협소한 지형, 저주의 불꽃에 대비한 이신의 병력 배치.

이번에도 전단이 수비하는 입장이었던 까닭에 싸울 장소를 선택할 기회가 없었다.

결국 핵심은 그거였다.

'선택권을 내게 내주지 않으려고 했구나.'

신기의 용병술이나 그리핀 편대 운영에 가려진 진짜 핵심은 그거였다.

탁월한 재주를 지니고 있음에도, 그 재간에 만족하지 않고 싸움의 본질을 잘 알고 놓치지 않는 탄탄함을 갖췄다.

[악마군주 마르코시아스님의 계약자 전단님께서 패배를 선언하셨습니다. 악마군주 그레모리님의 승리입니다.]

[악마군주 그레모리님께서 마력 1만을 획득하셨습니다.]

[마력 총량 1,564,710으로 악마군주 그레모리님께서 서열 20위가 되셨습니다.]

[마력 총량 1,557,566으로 악마군주 마르코시아스님께서 서열 21위가 되셨습니다.]

그렇게 근소한 마력 차이로 서열이 뒤바뀌었다.

마르코시아스는 최소치의 베팅으로 패배의 피해를 줄인 데 만족해야 했다.

하지만 패배한 전단은 어쩐지 개운한 표정이었다.

"훌륭하더군."

"감사합니다."

이신은 그의 칭찬에 화답했다.

"그 그리핀은 정말 악랄했네."

전단은 농담 섞인 어조로 말했다.

"아직 본 적이 없으시기 때문에 통할 거라고 생각했습니다."

"그에 대한 대책도 마련해야겠어. 아, 물론 이제 당분간은 자네와 겨루고 싶은 생각이 없네. 자네는 더 높은 곳으로 갈 친구로 보이니까. 다시 겨루게 된다면, 자네가 올라간 곳으로 나

또한 올라갔을 때의 일이겠지?"

"그렇겠지요."

"그럼 다음 상대는 피로스로군."

피로스를 언급한 전단의 표정은 진지하게 변했다.

"피로스에 대해 아는 바가 있나?"

"종족은 엘프이고 눈부신 전술적 센스를 가진 실력자라고 들었습니다."

이는 나폴레옹에게서 들은 이야기였다.

나폴레옹은 피로스와도 간혹 만나는 모양이었으니까.

나폴레옹이 말하길, 큰 틀의 전략에는 조금 떨어지는 면이 있지만, 전투에서 승리해 전황을 극복한 사례가 적지 않았다고 했다.

그의 메인 종족은 엘프 스나이퍼, 엘프 어새신, 정령 등 다양한 변수를 만들어내는 독특한 병과가 많은 엘프였다.

거기에 엘프는 기본적으로 기동성이 우수하니 피로스의 스타일에 딱 맞는다고 봐야 했다.

"잘 아는군. 오늘 그대도 공격적이었지만, 피로스도 마찬가지일세. 아니 그의 고유 능력을 생각하면 자네보다 훨씬 공격적일 수밖에 없지."

"피로스에 대해 알려주실 생각이십니까?"

이신이 물었다.

전단은 너털웃음을 터뜨리며 말했다.

"그냥 조언 정도지. 하지만 오해는 하지 말아줬으면 좋겠군.

난 자네를 통해 피로스에게 복수하려는 생각이 아니니까."

"그럼?"

"공평해야 하지 않겠나. 아마 피로스도 자네의 고유 능력이나 사도들에 대해 모두 알고 있을 텐데 말일세."

그 말에 이신은 더욱 의아해졌다.

피로스와는 맞닥뜨릴 일이 없었다.

그렇다고 나폴레옹이 피로스에게 자신에 대한 정보를 이것저것 알려줬을 리도 없었다.

"자네, 축제 결승에서 알렉산드로스와 싸우지 않았던가."

"아!"

비로소 이신은 중요한 사실을 떠올렸다.

피로스는 알렉산드로스와 6촌 관계였다.

알렉산드로스의 모친이 에페루스의 왕족 출신이니, 에페루스의 왕이었던 피로스와 혈연이 있을 수밖에 없었다.

물론 피로스는 알렉산드로스가 죽은 뒤에 태어났으니 두 사람이 살아생전에 만난 일은 없지만 말이다.

아무튼 그런 인연도 있고, 둘 다 세계 정복이 꿈이었으니 성격도 비슷하겠다, 마계에서 잘 어울렸으리라 싶었다.

'피로스가 왕위를 되찾도록 후원해 준 프톨레마이오스가 알렉산드로스의 부하 장군이기도 했고.'

살아생전에 무슨 일이 있었건 다 지난 일.

이제 죽어서 마계에 와 있고, 까마득한 세월이 흐른 지금은 그저 추억거리이리라.

아무튼 그 정도의 접점만 있어도 친한 술친구가 되기에 충분했을 터였다.

나폴레옹이라면 몰라도, 알렉산드로스라면 피로스에게 이신에 대한 사항을 아는 대로 다 알려주었을 동기가 충분했다.

“확실히 알렉산드로스라면 저에 대해 어느 정도 알겠군요.”

축제에서 알렉산드로스를 격파하는 데 결정적인 역할을 했던 이신이었다.

덕분에 알렉산드로스의 서열 2위 자리는 더욱 공고해졌다.

서열 1위인 나폴레옹의 악마군주 아가레스가 축제를 통해 무려 80만 마력을 획득했으니 말이다.

아마 악마군주 바알은 도전 자격도 상실했을 터였다.

도전 자격을 갖추려면 피도전자의 9할 이상의 마력을 지녀야 하는데, 악마군주 아가레스가 80만 마력을 얻었으니 격차가 많이 벌어진 것이다.

“소문에 의하면 알렉산드로스가 자네에게 화가 많이 나 있다고 하네.”

“소문이 날 정도입니까?”

“성질이 불같은 인물이잖나. 지금 알렉산드로스는 싸우고 싶어도 싸울 상대가 없어서 노는 형국인데, 어찌 보면 자네 탓이지.”

나폴레옹은 도전 자격이 안 돼서 못 싸우고, 그 아래 서열에 있는 계약자들도 알렉산드로스에게 잘 도전하지 않고 몸을 사리는 형국이라고 한다.

도전할 수도 없고 도전해 오지도 않으니 본의 아니게 파업을 하게 된 상태인 것이다.

그것이 이신에 대한 분노로 이어졌고, 어느 날 우연히 술자리를 하게 된 피로스에게 이신에 대해 모두 말하고 조언을 해줬을 거라는 추측이었다.

"두 사람은 친한 술친구라 알렉산드로스가 자네에 대해 아는 건 피로스도 모두 알고 있을 걸세."

"그렇겠군요."

사실 상대에 대해 알아보거나 조언을 듣는 건 특별히 이상할 게 없는 일이었다.

어차피 상위 서열이 되면 워낙 많이 싸우는 까닭에 딱히 고유 능력이나 사도들에 대한 정보가 비밀일 일도 없었다.

'더 이상 상대가 내 능력을 모르는 점을 이용하여서 이득을 보는 패턴의 싸움은 없을 거라는 뜻이다.'

그렇다면 이신도 환영할 일이었다.

실력에 자신 있는 이신은 오히려 서로 숨기는 게 없이 순수하게 솜씨를 겨루는 편이 좋았다.

학살을 부추기는 리처드 1세의 고유 능력을 몰랐기 때문에 패배하는 일은 더 이상 없을 터였다.

"조언을 해주신다면 감사히 듣겠습니다."

고개를 끄덕인 전단은 피로스와 치렀던 서열전에 대해 이야기를 들려주었다.

"피로스의 고유 능력은 '승리의 군단'이라는 것일세."

"승리의 군단?"

"병사를 최대 50명까지 군단에 배속시킬 수 있지."

"그러면 무슨 효과가 생깁니까?"

"적을 죽이거나 적의 건물을 파괴할수록 군단은 강해지네."

그 말에 이신은 모골이 송연해졌다.

그것도 일종의 밸런스 파괴였다.

그렇게 강해지고 나면 같은 병력으로 싸워도 불리해진다.

"단점이 있을 것 같군요."

그만한 능력에 제한이 없을 리가 없다고 이신은 생각했다.

"있지."

전단은 고개를 끄덕였다.

"자기 진영으로 되돌아가면 강해진 효과가 사라지네."

그 말에 이신은 헛웃음을 지었다.

"끝까지 돌아다니며 싸워야 하는군요."

효과만큼이나 제한도 확실했다.

전쟁의 귀재였으나, 전쟁으로 국력을 소진한 끝에 나라를 몰락시킨 피로스다운 고유 능력이었다.

아니면 살아생전에 그런 능력을 받았기 때문에 그 같은 무모한 행보를 했던 것일 수도 있고 말이다.

피로스의 승리의 군단은 전단의 저주의 불꽃과 대비를 이루었다.

피로스는 작은 전투를 계속하며 군단을 키워야 했고, 전단은 저주의 불꽃으로 묵직한 한 방 싸움을 선호했을 테니 말이다.

피로스가 전단에게 승리했다면, 아마 정면 대결을 피해 계속 측면과 후면을 지속적으로 공략한 덕분이리라.

'대충 어떤 스타일인지 감이 오는군.'

이신은 피로스와의 대결이 기다려졌다.

이신이 마계에서 상대했던 계약자들 중 가장 뛰어난 실력을 자랑하던 엘프는 단연 한신이었다.

전술적으로도 병력 배치가 뛰어났고, 그러면서 전체적인 전쟁 판도를 아우르는 넓은 시야가 일품이었다.

비록 일대일 대결이 아니어서 실력을 제대로 보지는 못했지만, 한신의 스타일을 어느 정도 엿볼 수 있었다.

시작 지점이 8군데나 되는 거대한 전장을 전부 아우르는 전략을 볼 때, 한신은 굉장히 치밀한 성격이었다.

그가 일으키는 소소한 전투 하나하나가 모여서 전체적인 국면을 좌우하는 변수가 된다.

사실 그런 스타일이 가장 무서웠다.

e스포츠에서도 그런 넓은 시야와 치밀함을 갖추고 있어야 톱클래스에 이를 수 있다.

'피로스는 아마도 그와 정반대의 성향일 거다.'

전단이 들려준 서열전 내용을 돌이켜 보면 그런 결론이 들었다.

국면 전체를 아우르는 넓은 시야와 치밀성은 부족하다.

하지만 전술적인 능력만큼은 대단히 뛰어날 것이다.

계속 일으키는 크고 작은 전투에서 계속 이득을 챙긴 끝에 승리하는 공격적인 스타일인 것.

하지만 단지 그것뿐일까?

“여기까지만 말하면 공격성이 극단적이고 시야가 협소해 소탐대실하는 자라 여길지도 모르겠군. 하지만 방심하지 말게. 의외로 그는 자네 생각과 다를 걸세.”

전단은 그런 말을 남기고 떠났다.

전략적, 외교적 식견 없이 전쟁만 일삼다가 사방에 적만 만들고 전장을 배회한 끝에 전사한 피로스의 일생만 보아도 그런 편견이 생길 법했다.

하지만 전단의 그러한 충고는 다시 생각을 하게 만들었다.

‘살아생전의 인생과 계약자로서의 서열전 스타일을 고스란히 대입시킬 수는 없다는 건가.’

손실만 가득한 승리라는 뜻이 담긴 고사의 주인공인 피로스이지만, 서열전의 전장은 살아생전의 무대처럼 넓지 않다.

거기다가 일대일.

어쩌면 피로스에게는 아주 단순 명쾌한 싸움일 수 있었다.

어쨌든 피로스의 고유 능력인 ‘승리의 군단’의 효과를 보면, 싸우면 싸울수록 강해진다는 뜻임은 분명했다.

그것은 참으로 골치 아픈 사실이었다.

이쪽이 싸워주지 않고 수비적으로 나선다면, 오히려 그때부터 피로스의 페이스에 말려들 위험이 있었다.

기동성 좋고 변수를 만들어내는 병과가 많은 엘프에게 수비적인 휴먼은 오히려 요리하기 좋은 먹잇감이다.

이신 자신이 매우 전투적이고 공격적인 프로게이머였다.

수비적인 상대를 수없이 깨뜨린 전적이 있었다.

'그렇다면 그의 진영을 견제해서 맞불을 놓는 식으로 할까?'

피로스가 공격할 때마다, 이신도 똑같이 그의 진영을 급습해 피해를 주고받는 패턴이 있었다.

이신은 그런 류의 난전에 자신 있었다.

하지만 승리의 군단이 가지는 약점을 생각해 보라.

자기 진영으로 돌아가면 효과가 사라진다.

그것은 수비가 약점이라는 뜻임이 명백했다.

그랬다.

너무나도 명백했던 것이다.

그런 명백한 약점을 극복 못 한 채, 피로스가 19위라는 높은 순위를 유지할 수 있었을까?

전단도 생각과 다를지 모른다고 충고했었다.

'그렇다면…….'

이신은 고심 끝에 결심을 내렸다.

어떤 식으로 피로스를 상대할지 결정했다.

"질 드 레."

"예, 주군."

"엘프로 내 연습을 도와야겠다."

"알겠습니다. 이런 날이 곧 올 거라 생각해서 평소에도 자주 연습해 뒀습니다."

과연 이신의 오른팔인 질 드 레였다.

19위에 피로스가 있는 것을 알고는, 이신의 모의전 상대가 되기 위해 엘프를 연습했다는 것이다.

"하지만 그전에 나머지 사도들도 중급 악마로 만들어줘야 하지 않겠습니까?"

"그렇군."

고개를 끄덕인 이신은 일단 사도들을 모두 중급 악마로 탈바꿈시키는 문제부터 해결하기로 했다.

아직 중급 악마가 아닌 사도는 마르몽과 서영 두 사람이었다.

[오귀스트 마르몽(휴먼, 공병)

무기: 사브르(공격력 +5%)

방어구: 가죽 갑옷(방어력 +5%)

능력: 빙의, 명중률(주변 아군의 원거리 무기 명중률이 100%가 됩니다.)]

마르몽의 능력은 본인의 명중률뿐만이 아니라, 주변에 있는 다른 아군까지 영향받는 쪽으로 진화했다.

'이건 유용하군.'

마르몽의 주변에 투석기를 밀집 배치시키면 어떻게 될까?
그 모든 투석기가 다 명중률 100%가 되면 위력이 엄청나게 배가될 터였다.
게다가 투석기라고 명시되지 않았다.
원거리 무기라면 석궁병도 포함된다는 뜻이었다.
이렇게 되면 마르몽이 배치된 지역은 디펜스가 걱정 없었다.

[서영(휴먼, 기사)
무기: 장창(공격력 +5%)
방어구: 명광개(明光鎧)(방어력 +7%)
능력: 사기(아군을 각종 혼란에서 회복시키고 사기를 크게 상승시킵니다.)]

서영의 경우는 변화가 없었다.
다만 이존효와 마찬가지로 마력으로 인하여 육체적인 힘이 강해졌다고 했다.
어차피 서영의 능력은 상대 계약자나 사도들의 정신계 공격 능력으로부터 회복시키는 역할이었으므로, 지금보다 더 진화할 필요가 없었다.
서영이 더 강해졌다니 그걸로 만족하기로 했다.
그렇게 사도 5인이 모두 중급 악마가 되니, 이신도 어느덧 서열 20위의 계약자에 걸맞은 구색을 갖추게 된 셈이었다.
이신은 곧장 질 드 레를 상대로 모의전을 시작했다.

진화된 사도들의 능력을 고루 활용하는 데 집중하면서 모의전은 순조롭게 진행되었다.

*　　　*　　　*

그가 아드리아 해에서 로마와 큰 전투를 치렀을 때의 일이었다.

전투는 승리로 끝났지만, 이런 승리를 한 번만 더 하면 우리가 망한다는 장탄식이 나왔던 즈음이었다.

"폐하, 로마를 정복하신다면 다음에는 무엇을 하실 겁니까?"

현자 시네아스가 물었다.

이에 에피루스의 왕 피로스가 답했다.

"그 옆에 시칠리아가 있으니 거길 쉽게 정복할 수 있을 것이다."

"그다음에는 무엇을 하시겠습니까?"

"그것은 더 위대한 승리의 전초전일 뿐이다. 우리는 리비아와 카르타고를 정복할 것이다. 그때는 누가 우리에게 대항할 것인가?"

"누구도 대항하지 못할 겁니다. 그 후에는 마케도니아는 물론 그리스 전체가 폐하의 것이 될 테니까요. 하지만 폐하, 그 뒤에는 무엇을 하실 겁니까?"

"친구여, 그러면 우리는 보물을 쌓아놓은 채 함께 마음 놓고 종일 술잔을 기울이며 즐거운 이야기를 나눌 것이다."

시네아스는 안타까운 목소리로 탄식처럼 말했다.

"위대하신 피로스 왕이여, 그걸 지금 하면 안 되겠습니까?"

바야흐로 디아도코이(Diadochoi) 전쟁의 시기였다.

디아도코이란 그리스어로 후계자들을 뜻하며, 일반적으로 알렉산드로스의 후계자를 자처한 그의 부하 장군들을 뜻했다.

엄청난 대제국을 이룩한 알렉산드로스가 유언도 후계자도 남기지 못한 채 급사하는 바람에 그 패권을 놓고 부하 장군들의 패권 전쟁이 시작된 것이다.

알렉산드로스의 목표였던 세계 통일 제국과는 반대로 사분오열된 헬레니즘 세계는 전쟁에 휩싸였는데, 피로스는 그런 혼란기에 탄생한 전쟁의 명수였다.

그는 알렉산드로스를 본받아 세계 정복의 꿈에 박차를 가하였지만, 결과는 역사가 말해주듯이 패망.

하지만 그로부터 까마득한 세월이 흐른 뒤,

"크하하하! 마음껏 마시자! 오늘 같은 날은 축배를 들어야지!"

피로스는 절친한 술친구들을 초대하여 한바탕 술판을 벌였다.

그가 기거하는 곳은 보물로 가득했다.

친구들과 술잔을 기울이고 과거의 추억을 이야기하며 즐거운 시간을 보냈다.

세계를 정복하고 나면 하려고 했던 모든 것들을 피로스는 마계에서 매일같이 누리고 있었다.

"꽤 힘든 싸움을 치렀다고 하더니 오늘따라 기분이 좋아 보이는군."

피로스에 의해 초대된 손님 중 한 사람이 말했다.

그는 바로 알렉산드로스였다.

죽음의 원인 중 하나가 과음이었을 정도로 알아주는 술꾼이었던 알렉산드로스가 술자리 초대를 마다할 리 없었다.

특히나 요즘처럼 서열전이 없어서 무료할 때는 말이다.

"숙적을 꺾었지. 이번에는 꽤나 벼르고 도전해 온 터라 고생 좀 했지만, 그래도 꺾었으니 당분간은 다시 도전해 올 의욕을 내지 못할 거야."

피로스는 기분 좋게 소리쳤다.

전단과의 긴 서열전에서 승리한 피로스는 큰 짐을 하나 덜은 기분이었다.

10위권 진입을 코앞에 둔 전단이 언제까지고 20위에 머무르고 있을 거라고는 생각할 수 없었다.

때문에 피로스도 내심 경계하고 있었는데, 그 도전을 물리친 것이다.

"그거야 축하할 일이지만, 내가 보기에는 아직 진짜 강적을 해결하지 못한 것 같은데?"

그렇게 말하는 미남자는 바로 나폴레옹.

서열 1위.

계약자들의 정점이자 알렉산드로스와는 앙숙 관계인 그가 술자리에 참석한 것이다.

"술맛 떨어질 것 같은 소리는 관두지. 전단이 이신에게 패했다는 소식은 나도 들었으니까."

피로스가 투덜거렸다.

그도 알고 있었다.

전단보다 더 무서운 강적이 마침내 자신의 턱밑까지 치고 올라왔다는 사실을 말이다.

일전에도 알렉산드로스로부터 경고와 조언을 들었었는데, 그 날이 이렇게 빨리 찾아올 줄은 몰랐다.

악마군주 그레모리의 계약자 이신!

72악마군주 중 최하위에 있었던 그레모리를 20위까지 상승시킨 이신의 엄청난 활약상은 마계에서 모르는 이가 없었다.

악마군주들의 서열전은 마계의 모든 악마들에게 화제의 대상이었다.

마치 스포츠의 팬처럼 악마들은 계약자들의 활약상에 귀를 기울이며, 언젠가는 자신들도 상급 악마가 되어서 서열전을 치러 악마군주가 되는 날을 꿈꿨다.

단연 이신의 이름을 모르는 악마는 마계에 없었다.

72위에서 무려 20위까지!

마계 서열전 역사상 최단 기간의 상승폭이었다. 최고의 상승폭이기도 하고 말이다.

이대로 10위권은 물론이고 10위 내에도 진입할 만한 실력자로 모두가 인정하고 있었다.

때문에 피로스는 부담이 컸다.

그 또한 더 높은 곳으로 오르기를 갈망하는 건 마찬가지였는데, 계약자가 된 지 2년도 안 된 신참이 갑자기 치고 올라와 자신마저 추월할 기세였던 것이다.

소문에 따르면 자신을 고생시켰던 전단마저도 가뿐하게 2연패시켰다고 했다.

“갑자기 서열이 높아져서 적응 기간이 필요할 줄 알았더니, 그렇지도 않나 보군.”

알렉산드로스가 중얼거렸다.

“당장 우리와 붙어도 승리를 낙관할 수 없을 정도이니까.”

나폴레옹은 늘 그렇듯 이신에게 후한 평가를 주었다.

쾅쾅!

그때 피로스가 술잔으로 테이블을 마구 두들겼다.

“이봐! 대체 누굴 응원하는 거야? 그 새파란 애송이 녀석을 높게 평가하는 건 알겠는데, 날 꺾지는 못할걸? 듣자 하니 꽤나 똑똑하고 치밀한 녀석 같은데, 내가 그런 녀석들을 한두 번 상대해봤을까 봐?”

피로스는 자신만만하게 큰소리쳤다.

“두고 보라지. 그 녀석을 꺾고 나야말로 치고 올라가 너희와 자웅을 겨룰 날이 올 테니까!”

피로스에게 서열전은 참 심플한 것이었다.

위 상대를 이기고 서열을 한 단계씩 상승시키면 되는 구조다.

공간이 한정된 전장에서 정해진 규칙에 따라 싸우니 복잡할 것이 하나도 없었다.

끊임없이 경쟁하는 곳.

피로스의 적성에 딱 맞는 방식이었다.

'이신, 네놈이 얼마나 잘난 실력으로 내 군단을 막을지 직접 확인해 주마.'

"꽤나 의식한 것 같지?"

"네놈이 도발한 덕분이지."

알렉산드로스가 퉁명스럽게 대꾸했다.

나폴레옹은 씨익 웃었다.

"재미있잖나. 이신을 의식하고 있는 게 너무 빤히 보여서 가만히 둘 수가 없더군."

피로스가 승리를 축하하는 술자리를 연 것은 전단을 꺾은 직후가 아니었다.

전단이 이신에게 패배하여 20위 자리를 빼앗겼다는 소식을 들은 직후였다.

마계에 온 지 몇 년 되지도 않은 신참 계약자이지만, 실력은 이미 공인된 상태.

삽시간에 20위까지 올라와서 자신에게 도전할 준비를 하고 있으니 피로스로서도 부담감이 많을 터였다.

자신을 상당히 괴롭혔던 전단마저 2연승으로 가볍게 꺾었으니 더더욱 말이다.

알렉산드로스는 그런 나폴레옹의 말에 코웃음을 쳤다.

"역시 좋은 성격은 아니군."

"하하, 그래서 재미없다는 건가? 그쪽이야말로 피로스에게 이신에 대한 정보를 이것저것 알려줬으면서. 설마, 정말로 피로스가 복수를 대신 해주길 원했던 건 아닐 테고."

"뻔한 걸 묻는군."

알렉산드로스는 히죽 웃었다.

"재미있을 것 같으니까. 피로스도 승부욕과 자존심이면 누구 못지않아서 조금만 부추겨도 불타오르지."

"역시 무책임한 유언을 남긴 사람답군."

"그런 유언은 남긴 적 없다고 했던 것 같은데."

알렉산드로스의 유명한 유언, 바로 후계자가 누구냐는 물음에 '가장 강한 자'라고 대답했더라는 일화를 뜻했다.

그 덕에 그가 죽자마자 제국은 사분오열되어 전란이 일어났다고 한다.

하지만 실제로 알렉산드로스는 과음으로 약해진 건강에 심각한 열병을 앓아서 그럴 겨를이 없었다.

그리고 어차피 너무 젊은 나이였던지라 후계 준비도 안 되어 있었고, 그의 아들은 아직 태중(胎中)에 있던 터라 분열은 불가피했다.

"그러고 보니 축제 전에 계약자들의 실력을 보고 싶어서 서열전을 많이 관전했다고 했었지?"

"그랬지."

"그럼 마력 몇만을 대가로 지불하면 이번에도 서열전을 관전할 수 있지 않나?"

알렉산드로스는 피로스와 이신의 대결이 무척 보고 싶었던 모양이었다.

한동안 서열전도 없어서 몸이 근질근질하던 터라 더욱 이 같은 흥밋거리를 놓치고 싶지 않을 터였다.

나폴레옹은 어깨를 으쓱했다.

"관전을 허락한 건 주로 하위 서열의 악마군주들이었지. 낮은 서열에서는 마력 몇만으로도 많은 것이 좌우되니까. 하지만 이번에는 경우가 달라."

"그래도 마력을 싫어하는 악마는 없지. 백만이 넘는 마력을 갖고 있어도 1만 마력이 걸린 서열전에서 패배하면 불같이 화내는 게 악마군주들이니까."

"그리 쉬운 문제가 아니야. 지난번은 축제가 걸려 있었기 때문에 내게 실력을 증명해서 같은 편으로 지명받고자 하는 심리도 있었지만, 이번에는 경우가 달라. 악마군주 비네와 그레모리는 최상위권을 노리는 이들일세."

"우리마저도 잠재적 경쟁자로 본다는 건가. 확실히 그렇겠군."

"그러니 고작 마력 몇만 때문에 자기 계약자에 대한 정보를 우리에게 노출시키고 싶지 않을 걸세."

"귀찮군. 그냥 보고 싶으면 서로 언제든 관람할 수 있게끔 하면 좋을 텐데."

"아무도 자기 밑천을 드러내고 싶어 하지는 않을 테니까."

두 사람은 두런두런 대화를 나누며 피로스의 저택을 떠났다.

그리고 며칠 후, 피로스는 이신의 도전을 받게 되었다.

* * *

“준비는 충분히 되셨나요?”

“예, 문제없습니다.”

이신은 피로스를 상대할 콘셉트를 정하고 단기간이지만 혹독하게 연습에 몰두했다.

준비한 이 콘셉트가 통하지 않는다면, 일단 물러서서 다시 준비하는 수밖에 없었다.

언제든 물러섰다가 언제든 다시 도전할 수 있다는 것만은 도전하는 측의 유일한 특권이니까.

‘하지만 되도록 패배는 하기 싫지.’

다전제 개념으로 받아들인다면 한두 세트 패배하는 것쯤은 감안할 수 있었다.

하지만 패배할 때마다 그레모리의 마력이 깎이니 보다 높은 서열로 향하는 데 제동이 걸린다.

그리고 되도록 패배 기록이 거의 없는 지금의 전적을 유지하고 싶은 욕심도 있었다.

“그럼 가죠. 악마군주 비네가 방문을 허락했어요.”

그레모리는 이신의 어깨에 손을 얹고 함께 텔레포트했다.

공간이 일그러지는 느낌이 잠시 들더니, 이윽고 도착한 곳에는 역시나 범상치 않게 생긴 악마군주가 기다리고 있었다.

―왔나.

마력을 통해 내는 목소리가 어쩐지 사자의 울음과 비슷하게 들렸다.

그도 그럴 것이 악마군주 비네는 사람처럼 이족 보행을 하는 사자의 형상이었다.

사슬 갑옷을 몸에 두르고, 거대한 흑마(黑馬)에 올라탄 채 그레모리와 이신을 위풍당당하게 내려다보고 있었다.

한 손에 든 거대한 활과 맹수의 눈빛에서 위압감이 흘렀다.

그의 안에 내재되어 있는 어마어마한 마력의 기운이 이신으로 하여금 두려움을 느끼게 했다.

하지만 그레모리는 이신과 달리 당당히 악마군주 비네와 마주했다. 당연하게도, 그녀도 도전자로 이 자리에 온 같은 수준의 악마군주였기 때문이다.

"도전을 하러 왔다."

그녀가 앞으로 나서자 이신은 비네에 대한 두려움이 사라지는 것을 느꼈다.

―물론 받아들인다. 나도 내 계약자도 기다리고 있었다.

그제야 이신은 위압감 넘치는 악마군주 비네의 뒤에 있는 인간을 발견했다.

기원전 사람이라 그런지 키는 작은 편이었고, 고집스러운 인상의 소유자였다.

그가 바로 에피루스의 왕 피로스였다.

'이렇게 생긴 사람이군.'

역사책에서 여러 번 언급된 당사자를 직접 보니 새삼스럽게 신기한 기분이 들었다.

플루타르크 영웅전에서도 다루고 서양 전쟁사에서 명장으로 손꼽는 인물이기도 하지만, 그가 지휘관으로서 어떤 전략, 전술을 펼쳤는지는 제대로 다룬 기록을 찾아볼 수 없었다.

그저 피로스의 승리라는 고사만 있는 터라, 더욱 궁금증을 자아내는 위인이 바로 코앞에 있었다.

계약자가 된 후로 역사를 취미로 두게 된 이신은 가능하다면 피로스와 개인적으로 대화를 나누며 그가 치렀던 전쟁에 대해 듣고 싶었다.

하지만 분위기로 보아 그럴 기회는 없을 듯했다.

자신을 바라보는 피로스의 눈빛에 흉흉함이 감돌았기 때문.

'날 무척 경계하고 있군. 긴장한 모습도 보이고.'

상대를 지나치게 의식하면 오히려 실력 발휘를 못 할 수 있다.

하지만 이신의 생각에 피로스는 그 정도로 정신력이 약한 인물이 아닐 것 같았다.

살아생전 전란을 살아온 남자였다.

왕위에서 쫓겨났다가 다시 재기한 적도 있었고, 전쟁터에서 맹활약을 떨쳤다.

'10위권에 있는 인물이니 방심은 금물이다.'

서열전은 일사천리로 진행되었다.

베팅할 마력은 5만, 전장은 제12전장 레틴으로 정해졌다.

[악마군주 그레모리님과 악마군주 비네님의 서열전입니다. 전쟁의 승패가 서열과 마력에 영향을 줍니다. 마력은 총 10만이 베팅됩니다.]

[마력 10만이 마력석이 되어 전장에 유포됩니다.]

[종족을 선택해 주십시오.]

"휴먼."

"엘프."

두 사람은 종족을 골랐다.

마침내 서열전이 시작되려 했다.

그때, 이신을 빤히 노려보던 피로스가 문득 말을 건넸다.

"날 스쳐 지나가는 수많은 상대 중 하나로 여기고 있나?"

"그렇다."

이신의 그 대답은 단 1초의 망설임도 없었다. 진심으로 그렇게 생각하고 있다는 뜻이었다.

피로스의 얼굴 근육이 분노로 씰룩거렸다.

"아주 잘나셨군. 자기가 특별한 존재라고 생각하는 모양이지? 하기야 계약자란 족속들이 다 그렇지만."

"……."

"어디 한번 실력을 봐주마. 실망시키면 곤란해."

[서열전이 시작됩니다.]

[악마군주 그레모리님의 계약자 이신님과 악마군주 비네님의 계약자 피로스님께서 참전합니다.]

그렇게 첫 대결이 시작되었다.

제12전장 레틴은 이신도 예상했던 가장 유력한 전장 중 하나였다.

앞마당으로 진입하는 통로가 넓어 심시티 등으로 방어를 하기가 무척 어려워서 휴먼이 불리했다.

또한 전장의 중앙 지역도 드넓고 별다른 엄폐물이 없어서 기동성을 살려서 싸우기 용이했다.

이 점도 투석기의 원거리 포격을 십분 활용하여서 지형지물의 이점을 잘 살려야 하는 휴먼에게 불리하게 작용된다.

'병력을 적극적으로 운용하면서 싸우기 좋은 전장이다.'

이신은 차분히 생각했다.

전단에게 들은 조언이 있기 때문에 피로스의 스타일은 어느 정도 예상한 바였다.

피로스는 어느 정도 병력이 모이면 '승리의 군단'을 조직하여서 적극적으로 공세를 떨 것이다.

드넓은 중앙 지역을 장악한 채 계속 병력을 이리저리 움직이며 곳곳을 압박할 터.

크고 작은 타격을 계속하며 승리의 군단을 계속 키우고, 마침내 어느 정도 군단의 힘이 강해졌다고 생각될 때 승부수를 띄운다.

이것이 전단이 알려준 피로스의 패턴이었다.

특별히 비밀이라 할 만한 전략도 아니었다. 피로스는 서열전 때마다 줄곧 이 패턴을 유지해 왔다고 하니 말이다.

'알고도 막기 힘든 패턴이라는 것이군.'

상당히 효과적인 필승 전략이기도 했다.

엘프는 기동성과 원거리 공격 두 가지를 모두 갖췄기 때문에 전장을 누비며 곳곳에 압박을 넣기 용이하기 때문이다.

초반에 휴먼의 궁병과 비교해도 공격 사거리에서 전혀 밀리지 않는 게 엘프의 초반 전투 병과인 엘프 슈터.

휴먼은 투석기가 나올 때까지 사거리에서 엘프를 압도하지 못한다.

싸움의 포인트는 두 가지였다.

첫째, 투석기.

둘째, 승리의 군단 제한 인원 50명.

이 두 요소를 종합해 보면 피로스가 공격에 나서는 타이밍을 쉽사리 알 수 있었다.

아직 이신에게 투석기가 많이 안 모였을 때.

그리고 승리의 군단의 제한 인원인 50명이 다 찼을 때!

피로스가 휴먼을 상대로 가장 강할 수 있는 타이밍은 바로 그때부터였다.

'그때 공격해 오겠지.'

끝장을 보겠다고 달려들 정도는 아니지만, 그때 전투를 벌여서 병력을 소모해 주려 할 터였다.

적을 죽이고 적 건물을 파괴할수록 승리의 군단은 강력해지는 특성이 있기 때문이다.

그러고 나면 다시 병력을 모아서 50명을 채운 뒤에 또다시 공격!

그렇게 계속 소모전을 하다 보면, 승리의 군단은 더없이 강해져 있고 상대는 계속된 병력 소모 끝에 기진맥진해 있는 것이다.

이러한 피로스의 필승 패턴에 대한 이신의 해답은 의외로 간단했다.

'적극적으로 싸운다.'

궁병이 5명 정도 모였을 때, 이신은 밖으로 한 번 진출했다.

아직 무기 개발도 되지 않은 궁병 5명이지만, 콜럼버스가 뒤따르고 있었다.

피로스 측에서는 엘프 슈터 3명이 소환된 상태였다.

숫자는 적지만 보다 날쌘 탓에 오히려 궁병 5명보다 더 강력한 전력이었다.

양측이 중앙 지역에서 서로 마주쳤다.

'중앙을 안 내준다.'

핵심 포인트는 전장 어느 지역과도 모두 연결되는 핵심 요충지인 중앙이었다.

피로스가 이 중앙 지역을 장악하지 못하게 적극적으로 맞서 싸울 생각이었다.

한마디로 싸우고 싶어 하는 전투적인 피로스와 기꺼이 싸워 준다는 게 이신의 이번 콘셉트였다.

살짝 당혹스럽다.

중앙 지역까지 과감하게 치고 나온 휴먼의 병력을 보며 피로스는 그렇게 느꼈다.

엘프 슈터 3명이면 석궁병 5명은 이긴다.

하지만 함께 껴 있는 노예 1명이 거슬렸다.

'저게 콜럼버스라는 사도인가?'

피로스는 신중해지기로 하고 엘프 슈터 3명을 뒤로 물렸다.

중앙 지역에 대한 주도권을 빼앗긴 것 같아 기분이 나빴다.

그런데 더 기분 나쁜 일이 발생했다.

피로스가 뒤로 빼니, 이신은 거기서 만족하지 않고 아예 앞마당까지 쫓아와서 압박하는 것이었다.

'이놈이?'

피로스는 기분이 더러웠다. 시작부터 기 싸움에서 밀렸다는 것을 깨달았다.

그렇지만 피로스 또한 그 와중에 번뜩이는 센스를 발휘했다.

앞마당까지 밀리기 전에 어린 엘프 하나를 미리 바깥에 빼 둔 것.

이는 정찰을 위해서였다.

앞마당 앞에서 적이 진을 치고 있으면 정찰을 내보낼 수가 없으니 미리 조치를 취해둔 것이었다.

어린 엘프는 그대로 전장을 우회해 이신의 진영으로 향했다.

아직 이신은 앞마당 확장 기지는 가져가지 않은 상태.

본진 안으로 들어가 볼까 싶었지만, 궁병에게 죽을 것 같아 관뒀다.

대신 그 인근에 숨어서 이신의 본진에서 후속으로 어떤 병과가 나오는지를 체크하게 했다.

이 판단은 옳았다.

어린 엘프는 곧 이신의 본진에서 나오는 병력의 구성을 확인했다.

궁병 2명, 그리고 방패병 2명.

중요한 것은 방패병이었다.

'대장간을 완성했구나. 무기 개발이 아니라 방패병을 먼저 소환했다?'

무기 개발을 먼저 했다면, 한 번 돌파를 시도해 피로스의 본진에 난입하겠다는 의도다.

하지만 방패병을 먼저 소환해서 보냈다면?

화력이 아닌 방어에 투자했으니, 이는 피로스의 본진까지 위협할 생각은 없고, 다만 피로스가 나오지 못하게 더 봉쇄해 둘 의도로 해석된다.

보다 넓은 지역이 아니라, 피로스의 앞마당 앞 통로에서 싸운다면 방패병 2명이 큰 위력을 발휘하게 되는 것!

'한발 먼저 움직여야겠군.'

피로스는 결심을 내리고 곧장 움직였다.

'밀레.'

"예, 주군."

피로스의 사도인 엘프 슈터 밀레가 답했다.

그는 중급 악마로 승격된 사도로 뛰어난 활 솜씨와 이를 더 보강해 주는 능력을 지닌 피로스의 선봉장이었다.

'지금 당장 적을 쫓아내라. 방패병이 합류하기 전에 쫓아내야 한다.'

"옛!"

밀레가 앞장서서 엘프 슈터들을 이끌고 치고 나갔다.

한바탕 전투가 벌어지고, 이와 동시에 피로스도 마침내 고유 능력을 발휘했다.

[계약자 피로스님께서 고유 능력을 사용합니다. 250마력을 소모합니다.]

[엘프 슈터 5명이 승리의 군단에 편성되었습니다.]

[승리의 군단은 총 50명까지 배속시킬 수 있으며, 전투의 성과와 비례하여 공격력이 상승합니다. 아군 진영으로 되돌아갈 시 공격력 상승효과가 사라집니다.]

피로스가 반격을 시도하자 이신은 싸우지 않고 뒤로 물러났다.

콜럼버스, 로호샨이 포함된 전력이라 싸워볼 만도 했다.

하지만 뒤에 궁병 2명과 방패병 2명과 합류하면 안전하므로 굳이 위험을 감수할 필요는 없었다.

애당초 여기까지 치고 나가 압박한 것 자체가 위험을 감수한 과감한 군사 행동.

똑같이 위험을 감수해야 하는 상황에 이신이 기 싸움에서 피로스를 이겼던 것이었다.

하지만 이제 피로스도 고유 능력까지 펼치며 반격에 나섰으니, 더 위험을 감수할 필요는 없다고 이신은 판단했다.

물러난 이신의 병력이 궁병 2명, 방패병 2명과 합류했다.

전력이 상승되자 이신은 다시 싸움에 나섰지만, 밀레가 이끄는 승리의 군단 또한 도망치지 않았다.

다만 정면으로 부딪치기보다는 옆으로 우회해서 측면과 배후를 노리는 기동을 펼쳤다. 넓은 지역으로 나온 덕에 할 수 있는 전술이었다.

이신도 적의 날랜 움직임에 맞춰 방패병들을 수시로 재배치시켰다. 방패병이 앞을 막아주지 않으면 유리한 싸움이 될 수 없는 것이다.

아직까지 화살 한 발 오가지 않았지만, 싸움은 치열했다.

이신은 다시 피로스의 진영으로 치고 들어가는 액션을 취해 승리의 군단을 유인, 그들이 가까이 다가오자 재빨리 방향을 돌려 공격했다.

하지만 승리의 군단 또한 일정 거리를 유지한 채 신중을 기하며 그저 위협만 가했다.

이신이 그대로 피로스의 진영으로 밀고 들어가면, 오히려 본진에서 추가 생산된 병력과 함께 앞뒤에서 협공할 수 있다는 판단이었다.

이신도 그걸 알기 때문에 과감한 공격은 하지 못했다.

다만 초반에 주도권을 잡았을 때 최대한 이득을 볼 생각이었다.

'로호샨, 계속 그렇게 움직이면서 적을 붙잡아두어라.'

"예, 근데 적의 숫자가 점점 많아져서 불안합니다."

'곧 있으면 무기 개발이 완료되니 문제없어.'

"옛!"

이신은 계산이 치밀했다.

싸움은 피로스의 진영 인근에서 벌어지고 있다.

후속 병력이 금방 합류할 수 있으니, 시간이 흐를수록 유리한 쪽은 피로스.

하지만 불리해질 즈음에 무기 개발이 완료!

궁병이 석궁병으로 진화하고 방패병들의 방패가 커지면서 좀 더 시간을 벌 수 있게 되었다.

그렇게 로호샨이 피로스 측과 드잡이를 하며 시간을 벌어주는 틈을 타, 이신은 앞마당에 마력석 채집장을 건설하기 시작한 것이었다.

얼씬거리며 정찰하려 하는 어린 엘프를 쫓아내고 앞마당에 마력석 채집장을 구축하기 시작!

초반에 과감하게 밀어붙여서 압박한 것이, 한발 앞서 앞마당에 확장을 하는 이득으로 이어진 이신의 치밀한 설계였다.

방패병이 합류하기 전에 먼저 치고 나온 피로스의 판단도 훌륭했지만, 주도권은 여전히 이신이 쥐고 있었기에 얻을 수 있었던 결과였다.

'아직 끝나지 않았다.'

아직 이신은 노리는 게 하나 더 있었다.

한편, 피로스는 이상한 낌새를 알아차렸다.

'이놈이 앞마당에 마력석 채집장을 차렸구나.'

정찰 보냈던 어린 엘프가 쫓겨난 것을 보고 피로스는 그런 징후를 알아차렸다.

계속 피로스의 진영 인근에서 도발하며 드잡이하는 이신의 병력들이 이를 증명했다.

들어와서 공격할 것도 아니면서 계속 위협했다가 뒤로 빠졌다가를 반복하는 적군의 움직임은 시간 벌기가 확실했다.

'생산력에서 밀리면 안 되지!'

피로스도 마력석 채집장을 추가로 건설하기로 했다.

로마와 전쟁을 벌였을 때도 그랬다.

연거푸 승전을 거두었지만 끝내 로마를 제압하지는 못했다.

이는 피로스의 승리라는 고사로 불리며 손실이 더 큰 승리의 예로 일컬어지지만, 사실 피로스로서는 다소 억울한 부분이 있다.

로마와 벌인 전투는 연거푸 피로스의 완승이었다.

다만 문제는 지원이었다. 지원이 없으니 전력 손실만 계속 누적되어 물러날 수밖에 없었던 것.

몸소 겪어본 게 있었기 때문에 피로스는 절대로 마력의 공급에서 뒤처지면 안 된다는 개념이 머릿속에 들어 있었다.

이런 부분을 신경 써서 개선했기 때문에 벼르고 벼른 전단의 거센 도전도 격파할 수 있었던 것이다.

피로스는 즉시 앞마당에 어린 엘프 1명을 보내 생명의 나무를 심게 했다.

그런데 그때였다.

자꾸 신경을 거슬리게 하던 이신의 병력들이 돌연 피로스의 앞마당을 향해 공격해 온 것이다.

'이놈이 감히!'

간덩이가 부은 듯한 이신의 도발에 피로스는 화가 치밀었다.

살아생전에는 자신과 싸우길 겁내지 않는 사람이 없었고, 계약자가 되고서도 마찬가지로 전투만큼은 최고였다.

이놈은 뭔데 휴먼 주제에 이렇게 공격적으로 나온단 말인가?

'앞뒤에서 잡아먹어 버린다!'

승리의 군단이 뒤에서 쫓아왔다.

앞마당 또한 새로 생산된 엘프 슈터들이 지키고 섰다.

그런데 그때였다.

앞마당을 치려 했던 이신의 군대가 다시 뒤돌아 후퇴.

그러면서 꼴랑 석궁병 1명과 방패병 1명만이 앞마당으로 진입했다.

"내 솜씨를 보여주지!"

그 석궁병은 로빈 후드였다.

방패병이 엘프 슈터들의 화살을 힘겹게 막아주는 틈에, 로빈 후드는 재빨리 석궁의 방아쇠를 당겼다.

쉭— 콰직!

"컥!"

볼트에 맞아 숨진 타깃은 바로 앞마당에 생명의 나무를 심으려 했던 어린 엘프였다.

"으하하! 이걸로 공적을 세웠다!"

이신이 내린 특명을 완수한 로빈 후드는 재빨리 도망쳤다.

방패병은 계속 엘프 슈터들의 화살을 막아주다가 희생당했다.

짧은 틈에 이루어낸 기습!

로빈 후드가 신속하게 저격하고 빠지지 못했으면 둘 다 아무 소득 없이 죽었을 터였다.

방패병 하나를 내줬지만, 어린 엘프 1명을 죽이고 무엇보다 앞마당에 마력석 채집장을 구축하는 걸 늦췄으니 상당히 큰 효과였다.

"이놈이!"

피로스는 분기가 치밀었다.

대단히 과감한 이신의 기습에 더욱더 가슴속이 부글부글 끓었다.

원래 휴먼이라면 자기 진영에 틀어박혀서 수비에 전념해야 정상이다.

그런데 이놈은 감히 이 피로스를 상대로 싸우기를 조금도 겁내지 않고 있다.

전혀 두렵지 않다는 태도였다.

'그렇다면 내가 왜 피로스인지 보여주겠다!'

피로스는 전략을 바꿨다.

마력석 채집장을 구축하지 않고, 대신 병력을 극단적으로 더 끌어모으기로 했다.

이신이 마력석 채집장을 구축하느라 병력이 비교적 적어진 틈을 타 몰아붙여서 일격에 끝내 버릴 심산이었다.

가만히 보아하니 이신의 병력 구성이 좋지 않았다.

장창병은 없고 오직 석궁병과 방패병만 9 대 1의 비율로 모으고 있을 뿐이었다.

투접 전투에 능한 병과가 없다는 건 피로스의 상식에서는 대단히 큰 약점.

'일단 계속 주위에 얼씬거리는 저 병력만 잡아버리고 진격하면 내가 이긴다.'

피로스는 엘프 슈터는 물론이고 근접전에 능한 엘프 가드도 생산했다.

'스승의 나무'를 건설해 저격 스킬을 개발.

엘프 슈터 몇 명을 엘프 스나이퍼로 업그레이드시켰다.

그렇게 세 가지 병과를 고루 생산하여서 승부수를 띄울 준비를 완료한 피로스.

일단 밖에 나가 있는 승리의 군단으로 퇴로를 차단했다.

그리고 본진에서 모은 병력도 일제히 출진시켰다.
'저놈들부터 전멸시켜라!'
앞뒤에서 적들이 들이닥치자 로호샨과 콜럼버스가 포함된 이신의 군대는 위기에 처했다.
엘프 병력의 규모를 본 이신은 곧바로 타이밍 러시임을 알아차렸다.
'이것만 막으면 내가 확실하게 이기는군.'
피로스가 노리는 건 타이밍 싸움이었다.
그 타이밍만 빼앗으면 이신의 승리.
이제 남은 건 다소 열세인 저 병력으로 얼마나 시간을 버느냐다.
즉, 이신의 컨트롤에 모든 게 달렸다.
'솜씨를 봐주지.'
이신은 앞마당에 방비를 하는 한편, 적극적으로 로호샨 부대를 컨트롤하기 시작했다.
양측에서 적이 밀어닥치는 상황.
이신은 일단 협공을 당하지 않도록 계속 병력을 이동시켰다.
'로호샨, 네 차례다. 접근하는 엘프 가드를 한 명씩 일점사해.'
"옛!"
이신은 계속 뒤로 후퇴하며 엘프 슈터들의 사정거리 밖으로 물러났다.
그러면서 사정거리 안에 들어오는 엘프 가드들을 1명씩 일점사.

로호샨의 유도 사격 능력이 발휘되며 5초에 1명씩 사살했다.

5초간 후퇴하다가 한 번씩 뒤돌아 사격해 1명씩 죽이는 컨트롤!

피해가 속출하자 피로스는 엘프 가드들을 뒤로 물렸다.

그 틈에 이신이 다시 움직였다.

방패병들이 일제히 뒤돌아 엘프 슈터들에게 달려들었다.

엘프 가드가 뒤로 물러난 걸 보고 자신감 있게 돌진한 것.

방패병들이 붙어서 럭비처럼 마구 밀어붙이니 엘프 슈터들은 공격을 제대로 못하고 진열이 흐트러졌다.

그 틈에 로호샨이 이끄는 석궁병들이 접근해서 한 명씩 일점사했다.

쉬쉬쉭—

"크윽!"

쉬쉭—

"큭!"

그때였다.

뒤에서 한 무리의 엘프들이 접근했다.

바로 엘프 스나이퍼들이었다.

공격 속도는 느리지만, 한 번 쏘면 일직선상의 모든 적에게 관통상을 입히는 무서운 병과였다.

후방을 차단하여 포위 섬멸을 시키려는 피로스의 전술!

다시 번개같이 판단을 내리는 이신.

방패병들로 엘프 슈터들과 뒤섞여 계속 꼼짝 못하게 방해하는 한편, 석궁병들은 일제히 뒤돌아 엘프 스나이퍼들에게 달려들게 했다.

'펼쳐!'

이신이 머릿속에 떠올린 가상의 마우스로 석궁병들을 좌우로 펼쳤다.

단번에 펼쳐진 일대 장관이었다.

좌우로 날개를 펼쳐 단번에 부채꼴 모양의 진영을 만든 석궁병들이 엘프 스나이퍼들을 덮쳤다.

여럿에게 관통상을 입힐 수 있는 엘프 스나이퍼의 일격도 소용없었다.

모여 있지 않고 삽시간에 좌우로 산개한 탓에, 공격 한 번에 석궁병을 1명씩밖에 죽이지 못했다.

부채꼴로 덮쳐든 석궁병들은 엘프 스나이퍼들을 단숨에 몰살시켰다.

'이, 이게 대체?!'

피로스는 망연자실했다.

군사학 상식에서 완전히 벗어난 상대의 용병술에 문화 충격을 느꼈다.

제4장

대승

결국 피로스는 이신의 병력을 섬멸시켰다.

하지만 그것이 서열전의 승리로 연결되는 건 아니었다.

이신은 열세의 병력으로 무섭게 싸웠다.

약삭빠르게 포위당하는 것을 피해 달아나며 저항과 후퇴를 반복, 피로스의 병력과 시간을 낭비시켰다.

승부 타이밍을 완전히 놓친 피로스는 좌절할 수밖에 없었다.

부랴부랴 이신의 진영에 당도했을 때는 이미 모든 방어 태세가 완비된 상황이었으니까.

전투는 이겼지만 너무 비싼 대가를 치른 것.

아이러니컬하게도 피로스의 승리라 불릴 법한 상황 자체가 된 것이다.

결국 시간이 흐르자 자연스럽게 마력석 채집장을 하나 더 가지고 있는 이신이 유리한 상황이 만들어졌다.

풍부한 마력을 바탕으로 대군을 꾸려 공격에 나선 이신을 피로스는 막아낼 수가 없었다.

[악마군주 비네님의 계약자 피로스님께서 패배를 선언하셨습니다. 악마군주 그레모리님의 승리입니다.]

[악마군주 그레모리님께서 마력 5만을 획득하셨습니다.]

[악마군주 그레모리님의 마력 총량이 1,614,710이 되셨습니다. 서열의 변동은 없습니다.]

[악마군주 비네님의 마력 총량이 1,683,900이 되셨습니다. 서열의 변동은 없습니다.]

악마군주 비네와 피로스의 모습은 비슷했다.

둘 다 상처 입은 사자의 모습을 띠고 있었다.

'그런 무참한 졸전이 나였다고? 이 피로스가?'

2배에 가까운 병력!

퇴로를 막고 양면에서 덮쳤다.

엘프 스나이퍼들을 적의 배후로 우회시켜 삼면 포위를 만든 피로스의 능수능란한 전술 솜씨였다.

그런데 상식이 완전히 파괴당한 그 용병술의 향연은 뭐였을까?

엘프 가드를 앞세워 돌격시키고 엘프 슈터가 뒤에서 활을 쏘며 지원하는 당연한 병력 배치.

그런데 적은 엘프 슈터의 사정거리 밖으로 물러서며 접근한 엘프 가드만 사살했다.

어쩔 수 없이 엘프 가드를 뒤로 물리자, 기다렸다는 듯이 방패병들이 돌격해서 엘프 슈터들과 뒤엉켰다.

압권인 것은 엘프 스나이퍼를 단숨에 몰살시킨 이신의 용병술.

전투 와중에 어떻게 그렇게 빠른 속도로 병력이 좌우로 펼쳐질 수 있었던 것인지 피로스는 이해할 수 없었다.

'그건 말이 안 되는 용병술이었다. 아무리 훈련을 잘 시켰어도 그렇게 일사불란하게 통제할 수는 없어. 설마, 본인이 직접 조종했단 말인가? 그 많은 숫자를?!'

말이 안 되는 일이었다.

어떻게 그 많은 숫자의 병력을 일일이 조종해서 싸울 수 있단 말인가?

전투뿐만이 아니라 추가 병력 소환이나 건축 등 신경 써야 할 일이 그토록 많은데 말이다.

'하지만 그 움직임은 일일이 조종했다고밖에 볼 수 없다.'

비결이 뭐건 간에 피로스로서는 정신적인 대미지가 무척 컸다.

자신이 가장 자신 있었던 방식으로 진검 승부를 펼쳐 완패를 당한 것이었다.

그것도 나약한 휴먼에게, 초반부터 밀리면서 말이다.

초반부터 압박을 넣고, 중앙 지역을 장악한 채 지속적인 공격으로 승기를 거두는 것이 피로스의 필승 패턴.

전투에서 패배했다는 건 그 패턴이 성립되지 않는다는 뜻이었다.

서로 비슷한 전력으로 싸워서 이길 수 없다는 전제(前提)는 피로스를 모든 수단을 빼앗아 버린 거나 다름없었다.

'납득할 수가 없다! 이렇게 승복할 수 없어.'

첫 서열전의 패배로 악마군주 비네는 베팅한 마력을 잃고, 또한 이신에게 소원으로 1%에 해당되는 마력을 넘겨주어야 했다.

그리하여 악마군주 비네의 마력 총량은 1,667,061.

이신은 무려 53,924마력을 보유하게 되었다.

질 드 레와 다섯 사도를 모두 중급 악마로 만들고도 이렇게 많은 마력을 보유하게 된 것이다.

—또 도전할 텐가?

"물론이지."

그레모리는 의기양양하게 대답했다.

비네의 표정은 어두워졌다.

양측 모두 서열전을 한두 번 본 게 아니었다.

수준 높은 대결을 수없이 보아왔기 때문에 잘 알고 있었다.

지금 피로스가 근본적인 부분에서 이신에게 지고 있다는 것을 말이다.

그레모리는 이 기회를 놓칠 생각이 전혀 없었다.

비네는 자신의 계약자를 바라보았다. 어떻게 하겠느냐는 질문이 담긴 눈빛이었다.

"같은 전장에서 더 싸워보고 싶습니다."

—좋다. 베팅은 2만 정도가 적당하겠군.

비네는 피로스의 상태를 보고 그렇게 베팅을 정했다.

한 번 더 패해도 서열이 바뀌지 않을 아슬아슬한 선의 베팅이었다.

피로스는 불같은 눈으로 이신을 노려보았다.

한 번 더 붙어보자는 의지가 빤히 들여다보였다.

이신은 그저 미소로 답했다.

'싸우고 싶어서 안달 난 상대에게는 싸워주지 않는 게 내 철칙이지만.'

하지만 지금은 정면 승부를 하지 않으면 안 된다.

그러지 않으면 피로스를 이기기 힘들었다.

* * *

'이번에는 다르다는 거겠지?'

이신은 단단히 마음먹고 서열전을 개시했다.

궁병 5명이 모였을 때, 어김없이 본진에서 뛰쳐나와 중앙으로 향한다.

엘프 슈터 3명이 어김없이 그곳에서 기다리고 있었다.

궁병 5명에 콜럼버스가 끼어 있는 조합이니 싸울 만했다.

'엘프는 초반에 그리 부담되는 종족이 아니니까.'

아마 피로스는 상대가 마물이어도 이처럼 적극적으로 나서서 싸움의 주도권을 쥐었을 것이다.

엘프 슈터는 원거리 공격이 가능한 데다가 휴먼의 궁병과 달리 이동속도가 빨라서 헬하운드를 상대로도 두려워하지 않는다.

하지만 상대가 휴먼이라면 살짝 이야기가 달라진다.

똑같은 원거리 공격 수단.

그리고 이동속도는 차이가 있지만, 체력은 비슷하다.

화살에 맞으면 치명상을 입는 건 휴먼이나 엘프나 마찬가지였던 것이다.

물론 엘프 슈터는 기본적으로 활 솜씨가 궁병보다 빼어나서 차이가 있지만, 이신은 이 부분을 로호샨과 그의 유도 사격 능력으로 커버했다.

거기다가 콜럼버스가 함께한 조합이라면 해볼 만한 싸움이 되는 것이다.

물론 이번에는 피로스도 기 싸움에서 지고 싶은 생각이 없어 보였다.

이신도 물러서지 않았으므로, 곧 교전이 펼쳐졌다.

소수 병력 간의 싸움이므로 서로 매우 신중했다.

서로의 사정거리 안팎으로 드나들며 신경전을 벌인다.

로호샨은 5초에 1번씩 돌아오는 유도 사격 타이밍을 노렸고,

이신은 콜럼버스의 블링크와 마비침을 활용할 타이밍을 쟀다.

하지만 그런 신경전에서 이신은 은밀히 피로스를 향해 마수를 뻗고 있었다.

서로 밀고 당기며 충돌할 틈을 노리고 있으면서, 이신은 전투적인 의지로 충만한 피로스의 심리를 십분 활용했다.

바로 은근슬쩍 그의 진영에 피로스의 병력을 가까이 끌어들이는 일이었다.

'밀어붙이고 있다고 기뻐해 줬으면 좋겠군.'

피로스가 악에 받쳐 기세등등할수록 이신은 이를 이용하고자 했다.

이신의 진영에 가깝기 때문에 서로 추가 소환된 후속 병력이 합류하는 속도에서 차이가 발생했다.

일시적으로 이신 측이 수적으로 우세해지는 것.

'이제 그 사실을 깨달았겠지.'

이신은 피로스의 심리를 읽었다.

한 번 멘탈이 흔들린 상대는 이신의 심리전의 먹잇감이다.

귀신같이 그 심리를 놓치지 않고 읽어 들이고 이용한다.

'그럼 위험하니 잠시 물러서서 후속 병력과 합류할 텐가?'

그게 안전한 판단이다.

하지만 지금의 피로스라면?

상대의 후속 병력이 합류하기 전에 재빨리 치고 들어가 공방을 벌이겠다는 공격적인 판단을 내릴지도 모른다.

상처 입은 맹수란 그렇게 공격적이 되니까. 입은 상처를 숨기기 위하여 더더욱.

자, 언제냐?

그 심리를 꿰뚫고 있는 이신은 피로스가 치고 들어오길 기다렸다.

상대의 공격 의도를 알고 있으면 대응도 더 빨라진다.

자신이 얼마나 심리적으로 불리한 상황인지 피로스는 자각하지 못했다.

엘프 슈터들의 움직임을 면밀히 주시할 때였다.

'바로 지금!'

양측이 번개같이 움직였다.

갑작스럽게 달려 들어와 거리를 좁힌 엘프 슈터들이 화살을 쏜 것.

로흐샨도 참고 기다렸던 유도 사격을 펼쳐 한 명에게 집중 사격을 가했다.

쉬쉬쉭—

콰직!

"크억!"

콰악!

"윽!"

양측에 사상자가 하나씩 생겼다.

그리고 엘프 슈터 중 한 명이 당기고 있던 활시위를 놓았다.

[계약자 피로스의 사도 중급 악마 밀레가 능력 2단 사격을

사용합니다.]
[8초간 화살을 2대씩 발사합니다.]

2대의 화살이 날아들었다.
타깃은 바로 콜럼버스였다.
하지만 절묘한 타이밍에,
파앗!

[계약자 이신의 사도 중급 악마 콜럼버스가 능력 블링크를 사용합니다.]
[10미터 범위 내에서 순간 이동을 합니다. 3초 이내에 다시 사용하면 원래의 위치로 돌아갑니다.]

아슬아슬하게 화살 2대가 스쳐 지나갔다.
그것은 콜럼버스의 반사 신경이 아니었다.
이신의 반응 속도였다.
프로게이머의 정점에 올라선 이신의 반사 신경은 그 찰나의 순간에 일어난 적의 움직임을 놓치지 않은 것이다.
콜럼버스의 블링크는 가상 키보드의 단축키로 머릿속에 지정해 놓은 상태.
이를 이용하여 이신은 절묘하게 대응했다.
콜럼버스는 엘프 슈터들의 지척에 나타났다.
그리고 피로스의 사도 밀레를 향해 마비침을 있는 대로 쐈다.

몇 대는 피했지만 2발이 적중했다.

함께 있던 다른 엘프 슈터가 콜럼버스에게 화살을 쐈지만, 콜럼버스는 마비침을 모두 쓴 뒤에 다시 블링크를 펼쳐 원래의 자리로 되돌아갔다.

그리고 그 틈을 놓치지 않은 궁병들이 일제히 사격했다.

밀레는 1초의 마비가 풀린 순간 몸을 날렸다.

과연 피로스의 사도로 임명될 만한 민첩한 몸놀림이었다.

하지만 타깃은 밀레가 아니었다.

"크억!"

또 한 명의 엘프 슈터에게 화살이 적중된 것.

그 짧은 시간에 로흐샨도 약삭빠른 판단을 내린 것이다.

마비침에 맞았다고는 하나, 자신을 노릴 것을 알고 있는 밀레를 죽이기는 힘들다고 판단, 허를 찔러 다른 엘프 슈터를 죽인 것이다.

궁병 4명과 콜럼버스.

피로스 측은 사도 밀레 하나뿐.

짧은 교전으로 삽시간에 승부가 판가름 났다.

밀레는 급히 후퇴하기 시작했고, 이신은 도망치는 그를 추격해 피로스의 앞마당까지 밀어붙였다.

극초반에 일어난 그 전투의 승패는 승기를 결정한 것이나 다름없었다.

고작 몇 명의 사상자가 발생했을 뿐이지만, 초반의 그 차이는 나비효과처럼 양 진영의 운명을 갈라놓기 때문이다.

피로스는 무너져 버렸다.

이신은 병력을 계속 추가해 피로스의 앞마당을 아예 점거해 버렸다. 그곳에 화살탑도 짓고 식량 창고도 지으면서 심시티를 해버렸다.

그렇게 밀봉시켜 놓고, 본인은 마력석 채집장을 늘리며 마력 격차를 내기 시작했다.

잠시 후에 피로스가 봉쇄선 돌파를 시도했고, 실패한 후에 패배를 선언했다.

[악마군주 비네님의 계약자 피로스님께서 패배를 선언하셨습니다. 악마군주 그레모리님의……]

2연승.

이신은 이미 이번 승부에서 이겼음을 확신했다.

이걸로 피로스의 전의를 꺾었다고 판단했기 때문.

'오기로 계속 덤벼준다면 도리어 고마운 일이지만.'

냉정하게 생각하면, 서열을 빼앗기고 나면 일단 조용히 물러나서 대책을 연구하는 게 옳은 판단이다.

이를 무시하고 악을 쓰며 계속 도전해 온다면 이신은 얼마든지 똑같은 방법으로 짓밟고서 마력을 더 착취해 그레모리의 서열을 높일 터였다.

3번째 대결은 피로스가 패닉에 빠진 채로 시작되었다.

그래도 피로스는 아직 남아 있는 이성을 최대한 활용하여 엘프 어새신을 통한 기습 작전을 시도했다.

평범한 정면 승부로 이길 수 없다는 게 2연패로 증명되었기에 다른 선택의 여지가 없었던 것이다.

하지만 그마저도 이신에게 간파당했다.

이미 한 번 읽히기 시작한 피로스의 심리는 이신의 손바닥 위에 있었다.

엘프 어새신 기습 작전이 허망하게 막혀 버리자 피로스는 패배를 선언했다.

[악마군주 비네님의 계약자 피로스님께서 패배를 선언하셨습니다. 악마군주 그레모리님의 승리입니다.]

[악마군주 그레모리님께서 마력 1만을 획득하셨습니다.]

[마력 총량 1,644,710으로 악마군주 그레모리님께서 서열 19위가 되셨습니다.]

[마력 총량 1,637,061로 악마군주 비네님께서 서열 20위가 되셨습니다.]

그나마 악마군주 비네는 마지막 베팅으로 최소치인 1만 마력만 걸었기 때문에 손해를 줄일 수 있었다.

그렇지만 자신의 계약자가 정신적으로 자신감에 큰 타격을 입은 점은 이루 말할 수 없는 손해였다.

"병력을 일일이 조종한 거냐?"

피로스가 나직이 물었다.

"그렇습니다."

이신은 고개를 끄덕였다.

"어떻게 그게 가능한 거지?"

"훈련."

단순 경쾌한 해답이었다.

"그래, 훈련을 하면 되긴 되는 건가."

피로스는 고개를 절레절레 내저었다.

이신으로서는 아쉽게도, 그는 더 싸워볼 생각은 없는 모양이었다.

하기야 피로스가 오기가 치밀어 싸우려 들어도 악마군주 비네가 통제했을 터였다.

악마군주 비네는 비교적 냉정하게 자기 계약자를 상태를 보며 베팅했으니까.

—우리는 이만.

비네는 피로스를 데리고 먼저 사라져 버렸다.

그레모리는 무척 밝은 얼굴로 이신에게 다가왔다.

"대단해요. 10위권이라니, 이런 날이 올 줄은 몰랐네요."

"의외로 싸움이 쉽게 풀렸습니다."

"의외인가요? 카이저는 늘 서열전에서 승리하고서는 어렵지 않았다고 하셨잖아요."

"첫 번째 대결에서 승부가 난 것이나 다름없었습니다. 그 뒤로 피로스는 제게 말려 제대로 실력 발휘를 못 했지요."

“어머, 그런가요?”

“피로스는 두 번째 대결에서 즉각 다른 패턴의 전략을 시도해서 반격했어야 했습니다. 같은 방식으로 두 번이나 시도했기 때문에 쉽게 제 의도대로 말려들었죠.”

세 번째 대결에서 부랴부랴 꺼내 든 전략이 엘프 어새신 기습 작전.

차라리 그걸 두 번째 대결에서 썼어야 했다.

궁지에 몰렸을 때 방도가 없어 부랴부랴 꺼내 들면 다전제의 황제인 이신이 못 알아챌 리가 없다.

‘너무 안일했다는 게 크지.’

피로스는 자신의 탁월한 전투 능력 탓에 다양한 패턴의 전략을 갈고 닦지 않았다.

이신이라면 엘프의 특성을 활용하여서 다양한 전략을 만들어 골고루 구사했을 터였다.

‘엘프 가드를 먼저 소환하는 빌드 오더도 나쁘지 않았겠군.’

원거리 병과의 컨트롤 싸움에서 밀렸다면, 차라리 그런 식의 변칙 패턴도 나쁘지 않았다.

‘그러다가 엘프 가드를 엘프 어새신으로 업그레이드시켜서 전략 승부를 걸거나, 테크 트리를 더 올려서 정령을 소환하는 체제로 갈 수도…….’

이신은 직업병처럼 한동안 엘프에 대한 고찰에 빠졌다.

“호호, 무슨 생각을 그렇게 하세요? 방해되면 저 먼저 떠날까요?”

그레모리의 말에 그제야 이신은 퍼뜩 정신을 차렸다.

"아닙니다. 저도 이만 돌아가겠습니다."

일단 목적대로 19위로 진입했으니 이만 현실 세계로 돌아가 봐야 할 듯했다.

'슬슬 1위가 보이기 시작하는군.'

물론 아직 갈 길이 멀긴 하지만 적어도 가시권에 들어왔다고 할 수 있었다.

이제부터 마주치는 계약자들 중에는 비스마르크, 원숭환, 발터 모델, 한신 등 축제에서 봤던 인물들이 있다.

그들을 이기고 올라가면 마침내 나폴레옹과 알렉산드로스 등 별들이 대결을 벌이는 전장에 도달한다.

'오랜만에 게임이나 해야겠군.'

마계에 머물러 있다 보니 다시 게임 생각이 나는 이신.

현실과 마계를 반복하는 일상이 이신에게는 여러 가지로 기분 전환이 되고 있었다.

* * *

이른 아침, 이신은 SC스타즈의 연습실에 출근했다.

한동안 게임을 하지 못했기 때문에 감각을 회복하기 위해 일찌감치 출근했는데, 의외로 이른 시간임에도 이신보다 먼저 와서 연습하고 있는 사람이 있었다.

'지우평인가?'

누구보다도 먼저 와서 훈련에 매진하는 이미지에 가장 잘 어울리는 선수는 지우평이었다.

그런데 놀랍게도 이신보다 먼저 출근한 장본인은 리우였다.

'그 리우가?'

2군과 연습생까지 통틀어서 가장 게으른 사람을 꼽으라면 주저 없이 리우가 지목된다.

그런 리우가 이른 아침부터 출근해 게임에 열을 올리고 있었다.

'곧 프로리그가 시작되는군. 그래서 그런가?'

아무리 불성실해도 역시 지난해 신인왕답게 나름대로 자기관리는 철저한 모양이었다.

—탕! 타앙!

총성이 울려 퍼졌다.

그런데 스피커에서 나는 사운드가 퍽 이질적이었다.

스페이스 크래프트에서 나는 효과음 중 이신이 못 들어본 게 있을 리가 없는데 말이다.

아니나 다를까, 리우는 FPS 게임을 하고 있었다.

"일찍 왔네?"

리우는 게임에 열중하면서 쾌활하게 인사했다.

"연습 안 할 거면 뭐 하러 일찍 와?"

"당연히 다른 게임하려고 일찍 왔지. 훈련 시간 때는 못 하잖아."

대신 정규 훈련 시간 때는 뻔질나게 휴게실을 드나들며 모바

일 게임을 즐기는 리우였다.

"복잡한 게임은 딱 질색이거든."

이신은 혀를 차고는 자기 자리에 앉았다.

연습을 준비하는데, 계속해서 들리는 총성이 거슬렸다.

"이어폰 끼고 하지?"

"아, 미안."

그제야 리우는 이어폰을 꺼내 세팅했다.

"이어폰은 귀 아파서 질색이거든."

'잘도 프로게이머가 됐군.'

복잡한 게임도 싫어하고 이어폰도 질색인데 프로게이머가 된 게 용했다.

저런 모습을 본다면 아직 빛을 못 본 2군 선수나 연습생, 그리고 주전 경쟁에서 밀린 1군 선수는 복장이 터질 것이다.

하지만 별수 없었다.

결국 선수에게 필요한 건 8할이 재능.

심지어 노력도 재능이라는 연구 결과도 있는 마당에, 이 업계는 타고난 자질에 의해 너무 크게 좌우되는 세계였다.

리우는 피지컬도 나무랄 데가 없었다.

의외로 리우는 축구 선수 출신이었다고 한다.

부상으로 관두기 전까지 골키퍼를 했다고 하는데, 그 덕인지 장기전이 되어도 후반에 APM이 떨어지지 않고 반응 속도가 좋았다.

물론 본인이 멋대로 지껄인 말이라 어디까지 믿어야 할지는 모르지만, 건장한 체격을 보면 아예 거짓말은 아닌 듯했다.

평생치의 노력을 축구에 다 썼다느니 하는 소리를 입버릇처럼 하고 다니는 놈인데, 그렇게 뺀질거리면서도 플레이 하나는 탁월했다.

이신은 온라인 모드로 접속했다.

'오늘도 있군.'

언제나처럼 S등급 랭킹 1위에 빛나는 아이디가 있었다.

[Kaiser2018]

Kaiser2018은 이미 살아 있는 괴담이 되었다.

세계 각국 서버를 골고루 순회하며 프로들이 즐비한 최고 랭킹을 정복해 버리고 있었다.

SC코퍼레이션에서 인공지능을 만든 거라는 가설도 있지만, 가장 유력한 추측은 이신이 서브 계정으로 연습을 하는 거라는 이야기였다.

워낙 플레이가 과거의 이신과 동일했기 때문이다.

이렇게 똑같을 수는 없다고 정밀 분석 한 전문가가 말할 정도였다.

이런 추측에 편승한 건지, SC코퍼레이션에서는 아예 Kaiser2018의 출현 시각을 중국에 있는 이신에게 맞췄다.

이신이 잠자고 식사하는 시간에는 Kaiser2018도 나타나지 않았다.

진상을 아는 이신으로서는 장난스럽게 웃고 있는 마이클 코렛 사장이 떠오를 수밖에 없었다.

—Kaiser2018: 2/3?

인공지능이 먼저 말을 건넸다.
마침 손 풀기 상대가 필요했던 이신은 쾌히 승낙했다.
이신은 신족과 괴물을 고루 골라서 Kaiser2018의 인류를 상대로 대전을 펼쳤다.
이신이 괴물을 골랐을 때는 그야말로 Kaiser2018의 쇼 타임이었다.
기가 막힌 전성기 시절 이신의 보병 컨트롤을 펼치면서 괴물 진영을 쑥대밭으로 만들어 놓는다.
촉수충들이 연탄구멍처럼 빽빽하게 들어찬 곳에 냅다 덤벼드는 보병들을 보면 기가 찰 정도였다.
디펜시브 실드에 걸린 보병이 단독 돌격해서 촉수충들의 공격을 홀로 받아내고, 그 틈에 뒤따르는 보병들이 돌격해 난사를 했다.
"아, 젠장! 그러면 안 되지!"
이신이 한 말이 아니었다.
어느새 리우가 등 뒤에서 구경을 하고 있었다.
"촉수충도 컨트롤 안 해주면 그렇게 당해 버린다고!"
상대가 Kaiser2018이라는 걸 아니 흥미가 생겼는지 뒤에서 응원하는 리우였다.

이신은 부지런히 괴물주술사를 컨트롤해 흑안개를 펼치며 디펜스를 했지만, 계속 여기저기 들쑤셔 오는 공세를 막지 못하고 GG를 쳤다.

그러나 이신이 신족을 골랐을 때는 양상이 달라졌다.

의외로 전성기 시절 이신의 천적은 바로 현재 이신의 신족이었다.

거신병기로 무빙을 당기며 지뢰를 제거하고 고속전차의 침투를 블로킹했다.

'생각보다 감이 안 죽었군.'

컨트롤이 원하던 대로 정밀하게 되는 기분이라 이신은 생각보다 컨디션이 좋다고 여겨졌다.

마계를 다녀온 후유증이 생각보다 없었다.

끝내 신족으로 승리를 거두자, Kaiser2018은 계속 한 번 더 하자고 요청했다.

자기가 졌을 때는 끊임없이 다시 하자고 요구하는 게, 승부욕이 느껴졌다.

그렇게 몇 판을 하고 나니 금세 정규 훈련 시간이 되었다.

웬일인지 박영호는 오늘따라 지각을 했다.

"왜 이렇게 늦게 왔어?"

"아, 몰라. 나 지금 컨디션 안 좋아."

"왜?"

"손목이 좀 지끈거려."

박영호는 표정이 정말로 안 좋아 보였다. 오른쪽 손목을 연신 매만지고 있는 게 정말로 문제가 있어 보였다.

이신도 표정이 변했다.

'부상인가?'

그럴 만도 했다.

박영호는 워낙에 손이 빨랐다. 손이 많이 가는 플레이도 즐긴다. 거기다가 연습량도 엄청나다.

생각해 보면 직업병에 걸릴 가능성이 가장 높은 선수였다.

"어디 봐봐."

"보면 뭘 알아? 형 명의임?"

"시끄럽고, 한번 보자고."

이신은 박영호의 오른 손목을 덥석 움켜쥐었다.

"아아!!"

"이러면 아파?"

"존나 아파! 아아! 좀 놓고… 잉?"

기겁을 하며 엄살을 부리던 박영호는 문득 표정이 애매해졌다.

"얼레?"

"엄살 피우지 말고 연습이나 해."

"어어?"

박영호는 어안이 벙벙해졌다. 갑자기 손목이 안 아팠다.

"갑자기 이게 왜 안 아프지? 나 이것 때문에 파스 붙이고 뭐 하느라 지각한 거란 말이야."

"꾀병이겠지."

"아, 진짜라니까!"

박영호는 결국 팀 코칭스태프와 손짓, 발짓으로 얘기해서 병원으로 향했다.

정밀 검사를 해도 멀쩡할 거라고 이신은 100% 확신했다.

제5장

개막

병원에 다녀온 박영호는 껄껄 웃는 코칭스태프들의 격려를 받으며 오후부터 훈련에 참석했다.

"분명히 아팠는데."

아무런 이상이 없다는 진단 결과에 박영호는 의아해하면서도 괜히 혼자 엄살 부린 것 같아 민망해졌다.

JKT에 있었을 때, 최고참 레전드인 오성준이 손목 부상 때문에 고생하는 걸 보았다.

10시간, 20시간 연습하면 강해진다는 단순무식한 법칙이 통하지 않았다.

오성준은 손목을 관리하느라 훈련 시간도 조절하면서 신중하게 선수 생활을 했더랬다.

프로게이머에게는 흔한 직업병이라, 오성준이 아니더라도 선배들이 앓는 것을 옆에서 보았던 박영호였다.

그게 어떤 증상인지는 하도 많이 봐와서 잘 알았다.

그 때문에 곧바로 자신의 손목 상태를 눈치챈 건데, 이상하게 정밀 검사를 받아 보니 멀쩡했던 것이다.

'내가 너무 예민했나? 이상하네.'

아무튼 좋은 게 좋은 거였다.

손목이 완전히 멀쩡하다는 걸 안 박영호는 신들린 듯이 연습에 매진했다.

죽도록 해라.

아직 그래도 될 때.

선배들이 했던 말이었다.

그 피땀이 나중에 가서도 끈질기게 선수 생활을 할 수 있게 하는 밑천이 된다고 말이다.

"컨디션이 좋아 보이는데요."

"검진 결과가 나와서 안심이 된 모양이지."

왕춘 감독은 만족스럽게 고개를 끄덕였다.

내일이면 프로리그 개막전이었다.

개막전 첫 경기를 장식하는 건 SC스타즈와 상하이 게이밍 두 팀으로 결정되었다.

중국을 대표하는 두 강팀이 화려하게 격돌하는 것이었다.

"상하이 게이밍이라……."

중국 e스포츠의 중심지인 상하이.

바로 그곳 연고의 최강팀 상하이 게이밍은 SC스타즈와 우승을 다투는 라이벌 관계였다.

"역대 최강의 전력을 자랑하기에 딱 좋은 먹잇감이군."

왕춘 감독은 웃음을 지었다.

자신이 발굴하고 키워낸 지우펑, 리우를 비롯한 지난 시즌 우승 멤버.

거기에 상당히 공들여 영입에 성공한 이신과 박영호가 추가로 얹어졌다.

팬들은 박빙의 대결을 기대했을 텐데, 글쎄.

모두에게 큰 충격을 줄 생각을 하니 왕춘 감독은 기분이 좋았다.

* * *

찰칵! 찰칵!

사방에서 플래시가 터졌다.

"오늘 경기에 임하는 각오 한 말씀 부탁드립니다."

"재미있는 경기 보여 드리겠습니다."

"상하이 게이밍에 대해 어떻게 평가하십니까?"

"좋은 팀이라고 명성 많이 들었습니다."

이신은 기자들의 질문에 척척 대답했다.

"상하이 게이밍에서는 카이저를 상대로 자신 있다는 의사 표명을 많이 했는데, 이에 대해 어떻게 생각하십니까?"

“얼마나 자신이 있는지 꼭 확인하고 싶습니다.”

반지의 능력으로 인한 원활한 중국어는 한국과 변함없는 이신의 태도를 유지하게 했다.

화려한 개막전 이벤트가 펼쳐졌다.

공연과 프로리그의 프로모션 영상과 양 팀 감독의 도발 인터뷰 등이 이어지고서 마침내 경기가 시작되기 직전에 이르렀다.

대기실에 모인 주전 선수들에게 왕춘 감독이 말했다.

“1세트는 리우, 2세트 지우펑, 3세트 카이저. 이게 무슨 의미인지 알지?”

“옛!”

선수들이 우렁차게 대답했다.

왕춘 감독은 웃으며 말했다.

“1세트로 화려하게 막을 열고, 2세트에서 압도적인 차이를 보여주고, 3세트에서 클라이맥스로 피날레. 이게 프로리그 독주를 선언하는 우리의 출사표다.”

중국 프로리그 경기는 월드 SC 그랑프리 단체전과 동일한 방식으로 진행되며, 따라서 주전은 5인이었다.

왕춘 감독은 라이벌 상하이 게이밍을 상대로 3—0 완승을 요구한 것이다.

압살!

지금의 SC스타즈가 사상 최강임을 모든 팬에게 똑똑히 알릴 생각에 핵심 전력 셋을 무조건 1, 2, 3세트에 배치한 것이다.

맵 상성상 완전히 최적화된 라인업은 아니었지만, 왕춘 감독은 그냥 그렇게 밀어붙이기로 하고 세 사람에게 해당 맵 훈련을 시켰다.

플레이가 화려하고 역동적인 리우가 선봉.

그리고 SC스타즈를 대표하는 지우펑이 차봉에서 실력을 똑똑히 입증해 보인다.

그리고 마지막 3세트는 바로 이신.

누구도 부정할 수가 없는 명실상부한 최강자!

장래가 기대되는 신인이라는 등의 예고조차 없이, 벼락같이 나타나 세계 무대를 초토화시킨 신화의 주인공.

회생 불가의 부상조차 극복하고 돌아와 20대 중반이라는 나이가 믿겨지지 않는 활약을 펼치며 다시 금메달을 차지한 주인공이 마침내 중국 무대에 나타난 기념비적인 날이었다.

중국 팬들도 이신의 경기를 가장 주목하고 있었고, 따라서 오늘 대승의 하이라이트로 장식하기 위해 3세트에 배치했다.

믿을 만한 구석도 있었다.

만약 생각대로 3—0 대승에 차질이 생긴다 해도, 5세트 출전에 이름을 올린 박영호가 버티고 있었다.

박영호도 누구 못잖은 필승 카드였지만 오늘의 주역은 아니었다.

자국 선수인 리우와 지우펑, 그리고 e스포츠의 아이콘으로 숭배받는 이신보다는 아무래도 인기가 떨어지기 때문이었다.

하지만 왕춘 감독의 머릿속에 이 4인은 SC스타즈의 연승 행진을 이끌 무적의 편대로 낙점된 상태였다.

필승 카드가 4장이나 있으니 감독으로서 즐거울 수밖에 없었다.

'아직 한국에서 활약하는 장양까지 손에 넣어서 5인을 완성시킨다면…….'

그때는 정말 환상의 팀이 되지 않을까?

왕춘 감독은 늦은 나이에도 아직 꿈에 타오르고 있었다.

사실 왕춘 감독은 선수 출신도, e스포츠 관련 종사자도 아니었다.

평범한 회사원이었는데 인적 자원 관리가 전공으로 기업 중역까지 지냈다.

e스포츠를 알게 된 건 게임에 정신 팔린 아들 때문이었다.

프로게이머가 되고 싶다는 핑계였는데, 그저 혼내고 게임을 못하게 막는다고 능사가 아니었기 때문에 왕춘 감독은 프로게이머라는 직업에 대해 조사하고 아들이 진지하게 그 길을 고민할 수 있도록 지원해 주었다.

결국 아들은 프로게이머가 어떤 직업이고 어떤 생활을 해야 하는지 상세히 알게 되자 그 길을 포기했다.

대신 게임도 줄이고 대학 진학을 위해 열심히 공부하는 모범생이 되었다.

아들의 진로 문제는 그렇게 원만하게 해결됐지만, 왕춘 감독은 그때 이미 e스포츠에 대해 깊은 관심을 갖게 되었다.

급성장하는 e스포츠라는 새로운 콘텐츠에도 관심이 생겼고,

무엇보다도 거기에 뛰어드는 어린 연령대의 선수들이 아들 같아서 걱정도 되었다.

왕춘 감독에게 e스포츠라는 취미가 생겼고, 자기 전공 분야와 결부시켜서 이것저것 상상해 보는 재미에 빠졌다.

계속 경기를 보다 보니 게임을 볼 줄 아는 안목도 늘었다.

결국 결심 끝에 왕춘 감독은 직장을 그만두고 e스포츠에 뛰어들었고, 선수 관리에 탁월한 수완을 보이다가 SC스타즈의 감독으로 역임하면서 오늘날에 이른 것이다.

전공을 살려 선수 관리 시스템도 효율화하면서, 사업에도 밝아 팀 경영에도 수완을 보이는 왕춘 감독은 SC스타즈를 그렇게 강팀으로 만들어놓았다.

직장과 가정만 오가며 단조로운 삶을 살았던 왕춘 감독은 자신의 인생을 즐겁게 해준 e스포츠에 감사했다.

중년의 나이에도 세계 최강팀이라는 원대한 꿈을 위해 열정을 다할 수 있게 해주었으니 말이다.

'이번 시즌, 그리고 내년 그랑프리다. 그때야말로 그 목표가 이루어진다.'

왕춘 감독은 즐겁게 오늘의 경기를 지켜보기로 했다.

* * *

1세트.

왕춘 감독의 얼굴이 딱딱하게 굳어지는 상황이 벌어졌다.

리우가 상하이 게이밍의 신족 선수를 만난 경기였다.

신족에게 약간 유리한 맵이었지만, 리우의 특기가 신족전이었기 때문에 낙관할 수 있었다.

실제로도 시종일관 리우의 페이스였다.

유려한 운영으로 자연스럽게 유리한 국면을 만들어낸 리우는 승리에 쐐기를 꽂기 위해 칼을 뽑아 들고 총공세를 펼쳤다.

그런데 승리를 가지러 간 그 승부처에서 리우의 실수가 터졌다.

—파치치치치칙!!

—키엑! 크엑!

—끼에엑!

상대측의 대사제가 잇달아 펼치는 전격 마법에 리우의 괴물 병력이 왕창 녹아버린 것이다.

양측 군세의 충돌.

대사제의 전격 마법만 조심한다면, 물량 회전이 뛰어난 괴물의 승리가 확실시 되는 상황. 자원도 많이 먹은 탓에 리우의 우위가 더 확실했다.

그런데 그만 결정적인 전투에서 전격 마법에 정통으로 맞아버린 것이다.

대사제를 저격하기 위해 뽑은 비행 유닛 쐐기충이 도리어 전격 마법에 의해 몰살당한 실수가 컸다.

저격에서 살아남은 대사제들은 전투에서 변수를 발휘하는 특유의 강점을 고스란히 보여주었다.

병력을 왕창 잃는 바람에 상대 신족은 위기를 모면할 수 있었고, 세(勢)를 회복하여 역습도 노릴 수 있는 찬스를 얻었다.

"저런 실수는 해서는 안 되는 거였다."

왕춘 감독이 딱딱하게 굳은 얼굴로 말했다.

"상대가 전격 마법을 굉장히 잘 썼어요."

코칭스태프들이 리우를 변호해 주었다.

실제로 상대 선수는 대사제 활용으로 명성이 있었다.

"다른 사람도 아니고 리우니까 안 되는 거였다. 대사제 저격은 리우의 특기였으니까. 자기 특기에서 실수를 한 이유는 하나뿐이야."

이신은 왕춘 감독의 진단을 알고 있었다.

연습 부족.

자기 특기에서 실수를 저지르는 건 그것밖에 답이 없었다.

보통 연습은 실수를 하지 않기 위하여 반복 숙달하는 과정이었다.

리우의 주특기는 성동격서였다.

마술사의 트릭처럼 여기저기 찔러 상대의 이목을 돌려놓고서 진짜 중요한 목적을 이룬다.

그 같은 플레이로 리우는 거신병기가 잔뜩 깔린 곳에도 거리낌 없이 뛰어들어 대사제만 쏙 뽑아 먹듯이 저격하고 탈출하는 재주꾼이었다.

저 상황은 리우의 실책이 분명했다.

다행히 리우는 곧 실책을 만회했다.

또다시 전투가 벌어졌을 때, 이번에는 전격 마법을 기가 막히게 피해낸 것이다.

우르르 떼 지어 달려든 독침충들이 전격 마법이 쏟아질 때마다 좌우로 흩어져 절묘하게 피해냈다.

연신 관객의 탄성이 울려 퍼지는 일진일퇴의 경기였다.

결국 리우는 간신히 승리를 따내는 데 성공했다.

명백히 유리한 전투를 말아먹고는 불리한 전투를 이겨 버린 리우다운 승리였다.

시시각각 변한 상황이 재미있었던 까닭에 관객들은 그저 즐거워했지만, 리우는 왕춘 감독의 따가운 눈초리에 뜨끔한 얼굴이 되었다.

"쉬운 게임을 뭐 저렇게 어렵게 가져가? 재 저것도 쇼맨십 맞지?"

박영호가 옆에서 한마디 던졌다.

이신은 고개를 끄덕였다.

"다들 재미있어 하는 건 나쁘지 않군."

2세트에서 지우펑은 인류를 상대로 그야말로 압도적인 경기력을 보여주었다.

소수의 거신병기가 엄청난 무빙 컨트롤을 펼치며 인류의 공격을 잇달아 격파해 버린 것.

인류가 유리한 타이밍에 붙은 전투에서 지우펑은 컨트롤과 역습을 꾀하는 결단력으로 상대를 압살했다.

화려한 1세트 개막, 압도적인 2세트 전개.

어찌 되었건 왕춘 감독의 시나리오대로였다.

그리고 다음 차례는 바로…….

"카이저! 카이저! 카이저!"

관객들이 열광하며 이신을 불렀다. 이제 그의 차례였다.

"후딱 다녀와."

"10분 안에 끝나."

박영호의 격려에 이신은 가볍게 대꾸하고 자리에서 일어섰다.

"헐, 포스 보소."

묵직한 멘트를 날리며 무대로 향하는 이신의 포스 있는 뒷모습에 박영호는 심쿵했다.

*

중국에서 벌어지고 있는 이신 출전 경기는 한국에서도 관심이 지대했다.

다행히 중계권을 가져온 올도어가 이신의 경기를 해설까지 붙여서 스트리밍으로 중계를 시작한 까닭에, 팬들은 이신의 경기를 계속 생중계로 볼 수 있게 되었다.

이신은 물론 박영호도 있으므로 투자 가치가 있다고 지수민 부사장이 판단한 것이었다.

생중계가 시작되자 접속한 네티즌 숫자가 가뿐하게 10만을 돌파하는 기염을 토했다.

숫자가 너무 많아지자 시청자 채팅이 금지되었다.

그러나 팬들은 생중계를 보며, 따로 자기들끼리 삼삼오오 커뮤니티 채팅방에 접속해 이야기를 나눴다.

—리우 잘하네.

—잘하긴 뭘 잘해. 전격 마법에 병력 갖다 박았구먼.

—ㅇㅇ 쉬운 게임을 좀 어렵게 만들긴 했음.

—박영호나 내지, 왜 리우를 내보냄?

—박영호는 나중에 나오겠지.

네티즌들은 그저 이신과 박영호를 보고 싶어서 안달이었다.

2세트에 지우평이 나오자 마찬가지로 왜 이신이나 박영호를 내지 않았냐고 불만을 내는 네티즌들.

하지만 지우평이 엄청난 경기력으로 상대를 압살하자 불만이 쏙 들어갔다.

—오, 잘한다.

—쟤 그랑프리 준결승에서 신님 상대로 5세트까지 갔음.

—응, 근데 패패승승승ㅋㅋㅋ

—확실히 잘하네. 솔직히 이신 상대로 5판 3선승제에서 5세트까지 갔으면 초일류 인증임.

—벌써 2승이다. ㅠㅠ 신님과 영호 형 경기 둘 다 보고 싶었는데. ㅠㅠㅠ

—이제 이신 나오려나?

—신님 경기는 좀 보자…….

—아, 진짜 노답들이네. 이신, 영호 안 나오면 계속 징징거려.

그리고 3세트 출전 선수 명단이 공개되었다.

이신이 대형화면에 나타나자 영상 속 경기장에서 관객들의 함성이 쩌렁쩌렁하게 울려 퍼졌다.

각 커뮤니티의 채팅도 폭발!

이신의 중국 데뷔 무대에 대한 기대감이 차올랐다.

—예, 여러분 많이 기다리셨습니다. 드디어 이신 선수가 출전했습니다.

—SC스타즈 오늘 기세가 심상치 않습니다. 어쩐지 1, 2, 3세트 연속으로 에이스만 내보낸 듯한 기분이 들어요.

—하하, 워낙에 주전 멤버가 대단하니까요. 박영호 선수도 있고 하나같이 모두 웬만한 팀 에이스급이잖습니까.

—아무튼 3세트에 이신 선수를 내보낸 SC스타즈입니다. 이거 3—0 압승의 화룡정점을 찍을 기세입니다.

—이에 맞서서 상하이 게이밍에서는 리창 선수가 나왔습니다. 역시나 중국에서는 꽤 명성이 있는 선수죠?

—예, 중국 선수들이 대체로 공격적이고 컨트롤 위주로 보기 화려한 플레이를 즐겨서 장단점이 뚜렷한데, 그런 스타일의 대표적인 선수라고 할 수 있습니다. 지난해 상하이 슈퍼리그에서 4강에 올랐던 게 커리어의 최고점인데, 아직 21세의 젊은 나이를 생각하면 장래가 기대되는 선수이기도 합니다.

—이신 선수와 5살 차이네요.

—하하하, 그렇죠. 아무튼 이 방송을 보시는 시청자 여러분들은 대부분 처음 보는 선수일 텐데요, 이게 한국에 자신의 이름을 알릴 수 있는 좋은 찬스이기도 합니다, 리창 선수.

—좋은 경기력 기대해 봅니다.

카운트다운이 진행되고 마침내 경기가 시작되었다.

*　　*　　*

초반에는 서로 아무런 일도 일어나지 않았다.

'10분 안에 끝낸대서 올인이라도 하나 싶었는데 그건 아닌가 보네.'

박영호는 흥미진진하게 경기를 지켜보았다.

상대도 특별히 도박성 전략을 시도하지 않고 평이하게 테크트리를 올리는 모습이었다.

'나라면 센터 2참회실로 광신도 올인을 하든지 암흑 사제로 승부 보든 했겠다.'

운영 싸움으로 흘러가면 100% 순수 실력의 대결이 된다.

이신을 실력으로 이긴다?

물론 박영호라면 가능하다.

지난번 그랑프리 개인전 결승에서도 한 치도 물러서지 않고 무섭게 치고받았던 박영호였다.

평소에도 이신과 연습 게임을 하면 4할 이상의 승률을 보인다.

하지만…….

'요즘 저 형 컨디션이 너무 좋아. 나이를 거꾸로 먹었나, 점점 강해지는 것 같아.'

속된 말로 퇴물이라 불려도 할 말 없는 나이인데, 어째서 작년보다 더 무서워진 건지 이해할 수가 없었다.

얼굴도 옛날하고 변한 게 없는 걸 보면 정말 뱀파이어일지도 몰랐다.

아무튼 세계 정점을 다시 한 번 찍은 지금의 이신은 아무도 당해낼 수 없는 상태였다.

자신이 상하이 게이밍이라면 무조건 초반 승부를 걸었을 터였다.

하지만 리창은 운영을 택했다.

나름대로 명문팀의 주전이라는 자부심 때문인지도 몰랐다.

게다가 개막전이고 이신의 중국 데뷔전이라는 뜻깊은 자리라 정면 대결을 택한 모양이었다.

시작은 이신에게 좋지 않았다.

이신은 11시.

리창은 7시.

서로 가까운 위치지만, 이신은 정찰 방향을 잘못 정했다.

정찰 보낸 건설로봇이 1시에 갔다가 5시를 거친 후에야 리창이 7시에 있다는 걸 알게 된 것이다.

그나마도 거신병기에게 가로막혀서 본진은 구경도 못한 채 처치당했다.

—정찰 차단 좋습니다!

—반면에 리창은 카이저의 본진을 다 정찰했죠. 이러면 출발이 아주 좋은 겁니다.

이신은 보병을 꾸준히 모아주면서, 기갑정거장을 건설하고 기갑부속연구소까지 붙여 지었다.

보병 6기, 기동포탑 1기, 고속전차 1기가 모였을 때 한 번 진출해서 신족을 압박하고 앞마당 확장 기지를 가져가겠다는 생각이었다.

굉장히 평범하다고 생각했을 때였다.

'응?'

이신은 앞마당에 통제사령부를 건설하지 않았다.

확장 대신 항공정거장을 짓기 시작했다.

"오오!"

관객석에서 환호성이 울려 퍼졌다.

역시나 이신은 평범한 운영을 택하지 않았다.

—1기갑 1항공! 과감한 결단을 내린 카이저 선수!

—리창은 거신병기 1기만 뽑고 바로 앞마당 확장을 시작했거든요. 앞마당 확장이 느린 카이저가 불리해집니다. 뭔가 하지 않으면 안 되는 상황을 스스로 만들었습니다, 카이저!

—이제부터죠. 이제 리창이 시험대에 올랐습니다. 카이저의 공세를 견디고 자원 우위를 계속 지킬 수 있을 것인지?

마침내 이신이 진출했다.

보병 6명과 기동포탑 1기가 진격을 시작했고, 뒤이어 생산된 고속전차도 합류했다.

리창도 거신병기 3기로 마중을 나왔다.

—교전이 시작됩니다.

—리창 선수, 보병을 끊어주면서 시간을 벌어야 합니다.

거신병기 무빙 당기는 컨트롤이 꽤 좋았다.

아슬아슬한 사정거리에 들어온 보병을 일점사하고 뒷걸음질.

기동포탑의 공격을 피해 계속 물러서면서 보병들만 공격하는 리창의 침착한 컨트롤이었다.

하지만 이신도 컨트롤이 일품이었다.

보병들을 방패 삼아 기동포탑의 통상 공격으로 거신병기에게 대미지를 입혔다

포격이 아닌 통상 공격이라도 퉁, 퉁, 한두 대씩 계속 맞춰 거신병기의 배리어를 깎아나가는 이신이었다.

그러다가 고속전차가 재빨리 거신병기들을 재치고 리창의 진영으로 달려가려 했을 때였다.

거신병기들이 멋지게 옆걸음질로 진로를 가로막았다.

—리창 아주 좋습니다!

—카이저의 고속전차가 본진으로 향하게 만들면 안 되죠.

계속 교전을 벌이며 푸시, 이신은 마침내 리창의 앞마당까지 당도했다.

하지만 보병이 3명밖에 안 남았고, 그마저도 체력이 거의 다 닳은 상황.

그사이에 거신병기는 4기로 늘어났기 때문에 이제 슬슬 이신이 후퇴할 시간이었다.

물론 이대로 물러서면 앞마당 확장을 안 한 이신의 손해지만 말이다.

고속전차로 리창의 앞마당 통로에 지뢰를 심어놓은 후에 이신은 후퇴했다.

—일단 후퇴하는 카이저, 저건 연기죠?

—예, 리창 선수는 카이저가 앞마당 확장을 안 한 것을 모릅니다. 방심을 유도하는 것인데, 그러려면 일단 저 거신병기부터 밖으로 끌어내 빈틈을 만들어야겠죠?

이신은 계속 고속전차를 생산하고, 항공정거장에서 항공수송선을 생산했다.

리창을 공격할 채비를 다 해놓고 잠자코 기다렸다.

한 가지 포석을 두었다.

거기에 상대가 걸려들면 그때부터 시작이었다.

마침내 리창이 움직였다.

일단 앞마당 앞에 매설된 지뢰부터 제거할 생각이었다.

정찰기가 아직 나오지 않았지만, 지나치게 거슬리는 위치에 매설된 까닭에 일단 제거하고 볼 생각이었다.

거신병기들이 한 걸음씩 조심스럽게 지뢰가 매설된 것으로 기억되는 지점으로 접근했다.

가까워지자,

—삐리릭!

지뢰가 땅속에서 튀어나왔다.

그 순간 거신병기들이 뒷걸음질로 거리를 벌리며 지뢰를 일점사했다.

—펑!

제거 성공.

리창은 이런 컨트롤에 능했다.

다만 문제가 있다면 지뢰가 하나가 아니었다는 것뿐.

—퍼어엉!

거신병기 1기가 폭사했다. 다른 3기도 마찬가지로 지뢰 폭발에 휘말려 체력이 왕창 깎였다.

—어?! 지뢰 제거 컨트롤이 깔끔했는데 왜 터졌나요?!

—아! 저건 지뢰 겹쳐 심기입니다! 페이크 더블로 먼저 압박한 주목적이 저거였습니다.

지뢰 2개를 1개인 것처럼 동일 지점에 겹쳐 심는 플레이였다.

촉수충 2마리를 1마리처럼 보이게 겹쳐놓는 것과 동일한 눈속임 플레이인데 리창이 여기에 당해 버렸다. 1개는 제거했지만 다른 1개가 고스란히 폭발해 버린 것이다.

그것이 신호탄이 된 양, 이신의 공세가 펼쳐졌다.

기다렸다는 듯이 고속전차들이 달려와 냅다 정면으로 붙었다.

거신병기들이 모두 지뢰 폭발 여파로 체력이 깎여 있는 걸 노린 것.

—퍼어엉!

1기가 집중 공격에 죽었다.

—퍼엉!

또 1기가 죽자 리창의 안색이 시커메졌다.

거신병기의 숫자만 줄여놓고서 이신은 다시 뒤로 빠졌다.

그냥 빠진 게 아니었다.

그러는 동안 이미 항공수송선이 리창의 본진 측면 외벽까지 접근해 있었던 것이다.

빠진 고속전차가 곧장 그리로 달려가 항공수송선에 올라탔다.

항공수송선이 외벽 너머로 리창의 본진 안에 고속전차들을 드롭했다.

본진 난입한 고속전차들은 지뢰를 심고 분탕질을 치기 시작했다.

그러는 동안, 추가 생산된 고속전차가 어느새 리창의 앞마당에 당도해 있었다.

—폭풍처럼 몰아붙입니다! 이게 카이저의 견제 플레이입니다!

—지뢰가 터지자마자 달려와서 거신병기 일점사, 물러나자마자 항공수송선 타고 드롭. 본진을 휘저으면서 후속으로 온 고속전차가 앞마당 동시 습격. 와, 정말 대단한 플레이입니다.

—리창에게 숨 돌릴 틈을 1초도 주지 않죠!

눈 깜짝할 사이에 리창은 엉망진창으로 얻어맞았다.

본진과 앞마당을 동시에 털리며 신도들이 죽어나갔다.

거신병기의 숫자가 부족해진 탓에 모두 커버할 수가 없었다.

이를 노리며 이신이 계속 몰아붙였다.

—카이저, 앞마당 확장을 안 합니다! 기갑정거장을 늘려 짓고 고속전차를 찍어내고 있어요!

—잘 걸렸다 이겁니다! 한 번 물리니까 독사처럼 놔주지 않습니다.

고속전차가 계속해서 앞마당으로, 본진으로 침투했다.

출입구를 통해 들어오기도 하고, 항공수송선을 타고 오기도 하는 등, 리창의 본진을 제 집처럼 드나들며 난타했다.

리창의 본진이 지뢰로 도배되었다.

거신병기들은 사방에 깔린 지뢰 탓에 꼼짝을 못하고 갈팡질팡했다.

끝내 리창은 본진과 앞마당에 대신전이 있지만, 일하는 신도는 하나도 없는 처참한 몰골이 되었다.

리창은 멘탈이 나가 버린 채 GG를 선언했다.

시각은 정확히 10분 12초.

리창이 멘탈이 나가 넋을 잃지 않고 좀 더 일찍 승복했더라면 10분 안에 끝났을 경기였다.

제6장

분담

흐르는 물처럼 검을 휘두르다.

그날 중국 e스포츠 언론이 이신의 플레이에 찬사를 보낸 표현이었다.

그 표현이 딱 맞았다.

시종일관 유리했던 리창이 만신창이가 되기까지가 그야말로 한순간이라 임팩트가 더욱 컸다.

흐르는 물이라는 표현이 딱 맞는 이신의 견제 플레이였다.

잠깐 대기했다가 겹쳐 심은 지뢰가 폭발하자마자 득달같이 달려들어 다친 거신병기에게 마무리를 가한 고속전차들.

같은 시각 항공수송선이 출발.

고속전차들이 목적을 완수하고 뒤로 빠졌을 때, 항공수송선이 도착.

빠지자마자 항공수송선을 타고 다시 본진 침투.

같은 시각, 후속 생산된 고속전차가 달려와 앞마당 습격.

추가로 생산될 때마다 계속 달려와 공세의 끈을 놓지 않는 고속전차.

1초도 쉬지 않고 몰아친 연속 난타에 리창은 단번에 그로기로 몰리고 말았다.

지뢰를 밟은 실책 하나가 패배로 직결될 정도로, 상대의 대미지를 눈덩이처럼 불려 버린 이신의 플레이는 그야말로 전위 예술이었다.

그렇게 이신이 수준 높고 보기도 즐거운 슈퍼 플레이로 하이라이트를 장식!

SC스타즈는 3—0 대승이라는 개막전 시나리오를 달성했다.

이날 가장 주목받은 주인공은 이신이었다.

"성공적인 중국 데뷔전을 축하드립니다."

"감사합니다."

"오늘 상대였던 리창 선수는 어땠습니까?"

"아직 뭐라고 평가할 만한 상황은 못 봤습니다."

"지뢰 겹쳐 심기와 1기갑 1항공 빌드 오더는 준비한 전략입니까?"

"준비한 게 맞지만 지뢰 겹쳐 심기에 중요한 비중을 둔 것은 아니었습니다. 그게 안 걸리더라도 견제를 넣어 어떻게든 무너뜨릴 작정이었습니다."

"과거의 전성기를 느끼게 한 공격적인 플레이였는데, 스타일에 큰 변화를 주기로 한 겁니까?"

"스타일이야 언제든 때에 따라 바꿀 수 있습니다만, 과거의 플레이를 좀 더 참고하기 시작한 건 사실입니다."

"각국 서버에 Kaiser2018이라는 닉네임으로 활동하시는 것으로 알려졌는데요?"

"그건 말을 아끼겠습니다."

그냥 한번 찔러본 기자의 질문에 이신은 그리 대답했다.

자신이 관련되어 있다는 걸 굳이 숨기지는 않은 것이다.

'이렇게 날 귀찮게 했으니 반드시 재미있는 것을 보여줘야 해, 코렛 사장.'

SC코퍼레이션이 준비하고 있을 희대의 이벤트에 이신은 기대를 품었다.

* * *

상하이 게이밍은 패배를 인정하면서도 오늘의 굴욕을 잊지 않겠다고 표했다.

패배의 원인으로는 주 전력을 1, 2, 3세트에 집중시켜 일찌감치 승부를 띄운 왕춘 감독의 과감한 용병술로 꼽았는데, 사실 그건 그냥 변명이었다.

"그냥 상대가 안 된 거지."

"응, 5세트에도 러너가 있었는데 전력 집중은 무슨. 그냥 주전 멤버가 다 강한 거야."

"어느 강팀에 가도 에이스 대우받을 사람이 넷이나 있으니까. 상하이 게이밍도 골머리 썩겠지."

"작년에도 당해내지 못했는데 이제 작년 멤버 그대로에 카이저와 러너가 더 얹어졌잖아. 이번 시즌은 그냥 우리가 전승 우승하는 거 아닐까?"

두런두런 이야기를 주고받는 청년들은 바로 SC스타즈의 선수들이었다.

1군과 2군 선수들인데, 숙소로 돌아와 오늘의 경기에 대해 이야기를 나누고 있었다.

"죽을 맛인 건 상대 팀만이 아니지."

"……."

선수들의 분위기가 우울해졌다.

그랬다.

팀이 이겼다고 마냥 좋아할 수만은 없는 처지였다.

그들은 그런 4인방과 주전 경쟁을 벌여야 하는 것.

1군 선수들은 그 4인과 직접 경쟁하는 처지였고, 2군 선수들의 경우는 따로 하위 팀 소속으로 2부 리그에 출전하고 있지만 그들 또한 1군에 올라가고 싶어 했다.

그런데 안 그래도 높았던 벽이 더 높아진 것.

"다음에 돌아올 팀 내전 때 어떻게든 5위 안에 들어야 할 텐데."

주전 5인을 결정하는 팀 내전은 매달 벌어진다.

거기서 5위 안에 들어야 경기에 출전할 수 있는 주전이 된다.

물론 경기 출전 자체는 감독의 뜻에 달린 것.

감독과 전략팀의 회의에 따라 전략적인 카드로서 다른 선수가 출전할 때도 있지만, 그런 특별한 경우를 제외하면 대체로 팀 내전의 결과가 반영된다.

"연습 때 카이저 이겨본 사람 있냐?"

"없지……."

"유리한 빌드 오더로 시작했는데도 못 이기겠더라."

"오늘 상대였던 리창하고 똑같아. 분명히 유리했는데 계속 얻어맞다 보니 어느새 져 있어."

"견제 올 걸 알고 있는데도 못 막겠더라. 진짜 괴물이야."

견제가 들어올 걸 알고서 디펜스를 탄탄히 해놓았는데도, 이신은 야금야금 건드리기 시작하더니 어느새 없었던 빈틈도 억지로 만들어내 비집고 들어가 상처를 입혔다.

한 번 상처를 입으면 아주 작은 생채기라도 상관없었다.

그걸 시작으로 쉴 틈 없이 몰아치는 견제를 받아 보면 작은 상처가 점점 벌어지는 것.

뭔가를 보여줄 틈도 없이 그냥 막다 보면 져 있었다.

이쪽에서 먼저 선수를 치려면 초반의 올인 전략밖에 없는데, 초반에 승부를 보려다간 건설로봇의 초인적인 블로킹에 막혀 자멸하는 패턴이 된다.

옛날 이신의 무패 금메달 업적에 희생된 상대 선수들의 심정을 알 것 같았다.

"견제를 알아도 막다 보면 져 있고, 먼저 선수 쳐도 막혀 버리고. 대책이 없었겠지."

"나이를 속인 거 아냐? 전성기 시절 포스 그대로잖아."

지금도 금메달을 획득하여 정상에 오른 이신이지만, 사람들은 이신의 전성기 시절을 데뷔부터 부상당해 은퇴했던 때까지로 일컫는다.

그때는 아예 적수가 없었던 것이다.

이신의 상대를 찾지 못하는 한 스페이스 크래프트 e스포츠는 미래가 없다고까지 말했다.

이신이 너무 많이 이기다 보니 재미가 없어졌다는 의견이었다.

세월이 흘러 20대 중반이 되었건만, 이제 와서 이신은 그 전성기 시절의 위압감을 풍기기 시작했다.

다시 찾은 금메달이 신호탄이 된 것처럼 말이다.

"그런 선수랑 치열하게 싸우다니, 러너도 대단하지?"

"그냥 은메달이 아니지. 그건 그냥 인간 세상의 금메달이야."

"결승 5세트 다시 봐봐. 러너도 인간 아니잖아."

"지금도 카이저 상대로 연습 게임하면 절반은 이기더라."

"종족 상성도 있는데 어떻게 괴물로 카이저를 이기지?"

그들은 이야기를 주고받으며 경쟁을 해볼 만한 상대에서 이신, 박영호, 지우평을 제외해 나갔다. 달걀로 바위 치기를 할 수는 없는 노릇이니까.

"리우는 한번 해볼 만하지 않을까?"

"아서라, 리우는 만만해 보이냐? 그 4명 중에는 그나마 낫긴 하지만."

"아냐. 신인왕에 다승왕 먹었던 작년이면 모를까, 요즘 리우는 좀 상태가 별로야. 오늘 경기도 그랬고."

"그건 그렇지? 여전히 플레이에서 클래스가 드러나긴 하지만, 잔 실수가 좀 많아진 구석이 있어. 그치?"

"세심함이 떨어졌지. 예전에는 촉수충을 겹쳐 놓고 그 위에 하늘군주를 띄워놓아서 안 보이게 가려놓았거든. 근데 요즘엔 잘 안 하더라."

"귀찮아진 거네. 원래 좀 설렁설렁 하려는 구석이 있었잖아."

"연습도 잘 안 하고."

그들은 반란을 모의하듯이 팀 내전에서 5위 안에 들 방법을 고심했다.

그리고 주요 타깃으로 리우를 노렸다.

*　　　*　　　*

"이기기 위해 모여서 상의를 하는 건 좋은데, 파벌이 갈리는 건 안 좋지 않을까요?"

코치가 왕춘 감독에게 말했다.

다른 코치들도 동의하는 눈치였다.

"표현은 안 하지만 카이저와 러너를 데려온 것에 불만이 좀 있는 눈치였습니다."

"사실 카이저가 아니라 러너죠. 카이저야 선수들로서도 우상이니까 그렇다 쳐도, 러너는 그냥 한국에서 온 엄청난 주전 경쟁자일 뿐이니까요. 말도 안 통하니 더 위화감이 커졌고요."

"그 위화감이 문제죠. 선수들이 네 사람을 멀리하는 경향이 있는 것 같아 걱정됩니다."

의견을 듣던 왕춘 감독은 곰곰이 생각에 잠겼다.

어쩔 수 없는 부분이었다.

왕춘 감독은 세계 최강팀을 만들겠다는 포부를 품고서 그런 결단을 내렸다.

이는 옳은 선택이었다.

기존의 선수들로서는 주전 경쟁이 더 심화되어서 힘든 측면이 있을 터였다.

지난 시즌 우승을 이뤄낸 공로까지 있으니 왕춘 감독에게 섭섭함도 느꼈을 터였다.

그래도 경쟁 속에서 서로 실력이 향상된다면 팀에 좋은 작용이 된다고 왕춘 감독은 생각했다.

하지만 예상치 못한 부분은 카이저와 러너의 실력이었다.

기대 이상이었다.

지나치게.

카이저야 그렇다 쳐도, 러너의 기세가 무서웠다.

SC스타즈의 체계적인 팀 지원을 받자 더 성장해 버렸다.

연습을 해도 아예 이길 수가 없을 정도이니, 자극받아 성장하기보다는 전의를 꺾는 결과로 나타나는 것이었다.

수준이 다르다고 인정해 버리고 순응해 버리면 문제가 된다.

"카이저, 러너와 다른 선수들. 서로 대화는 하나?"

왕춘 감독이 문득 물었다.

"전혀요."

코치들이 고개를 저었다.

"카이저는 말수도 사교성도 없는 편이고, 러너는 언어가 안 통합니다."

"뿐만 아니라 지우평, 리우와도 거리를 두는 모습입니다. 이러다가 주전 4인과 나머지 선수들로 사이가 갈라지겠어요."

왕춘 감독도 문제의 근본을 인지했다.

경쟁은 좋다.

하지만 서로 소통이 되지 않으면 팀에 상승효과가 일어나지 않는다.

연습 게임을 치른 후에 서로 의견을 주고받으며 성장해 나가는 걸 보고 싶었다.

"일단 사이가 좋아지게 만들어야겠군."

왕춘 감독이 중얼거렸다.

문득 미소가 나왔다.

그러고 보니 얼마 전에 아들이 게임을 하던 게 떠올랐다.

분명 스페이스 크래프트이긴 한데, 그런 게임 방식은 처음 본 왕춘 감독이라 흥미로웠다. 아들은 카이저와 같이 이 게임을 해보고 싶다고 조르기도 했다.

"감독님?"

갑자기 말이 없어진 왕춘 감독을 코치들이 이상하게 쳐다보았다.

왕춘 감독은 웃음을 띠며 말했다.

"내일 오후 훈련은 다른 걸로 대체하도록 하지."

"그게 뭡니까?"

"역할 분담 플레이라고 들어봤나?"

다음 날, 선수들은 코치들의 말에 어안이 벙벙해졌다.

"역할 분담?"

"그게 뭐지?"

"아, 나 알아. 요즘 유행하는 건데."

선수들이 웅성거렸다.

이신과 박영호도 의아해하기는 마찬가지였다.

"역할 분담? 그게 뭔지 형은 알아?"

"몰라."

역할 분담 플레이는 스페이스 크래프트를 즐기는 색다른 방식이었다.

어떤 유저가 만든 맵인데, 선수들은 알 리가 없었다.

가뜩이나 매일 붙잡고 있어서 지겨운 스페이스 크래프트를 쉴 때도 취미 삼아 할 리가 없지 않은가.

코치의 설명이 이어졌다.

"생산과 컨트롤을 따로 분담해서 플레이 하는 맵이다. 한 사람은 생산 유닛을 담당하고, 다른 사람들은 각자 맡겨진 전투 유닛을 컨트롤하는 방식이다."

그래도 아직 이해가 덜 된 선수들이 있어 코치는 귀찮다는 듯이 말했다.

"됐다, 해보면 알겠지. 인류, 괴물, 신족 세 팀으로 나눠서 주장을 뽑은 뒤에 서로 겨룬다. 이긴 팀에게는 상이 주어진다."

상이란 말에 선수들이 관심을 보였다.

상이 무엇인지는 왕춘 감독이 밝혔다.

"1박 휴가."

선수들의 눈빛이 뜨겁게 변했다.

선수들이 세 종족으로 나뉘어서 팀을 결정하고 각자 주장 선출에 들어갔다.

인류 팀의 경우 만장일치로 주장이 선출되었다.

실력으로 보나 나이로 보나 이신밖에 없었다.

이신은 팀원들에게 이번 역할 분담 플레이에 대한 설명을 자세하게 들을 수 있었다.

"생산 유닛을 다루는 사람과 전투 유닛을 다루는 사람이 각기 따로 있다고?"

"그래, 한 명은 생산과 운영을 담당하고 나머지 셋이 각자 맡은 전투 유닛을 컨트롤하는 거야."

"신기하군."

이신은 생소하지만 나름대로 재미있는 게임이라고 생각했다.

하지만 이게 딱히 훈련이 될 것 같지는 않았다.

'그냥 팀워크를 다지기 위해서인가.'

팀워크를 중요하게 생각해 본 적은 없었다.

게임은 혼자서 하는 거다.

사이가 안 좋다고 해서 서로 연습을 못 하는 것도 아니고, 결국 경쟁이란 건 본인의 의지와 노력에 달린 거였다.

'서로 친해져서 뭐 하겠다는 거지?'

연습 상대가 있는 한 혼자서도 얼마든지 실력을 연마할 수 있다. 이신은 그렇게 했다.

심지어 전략팀의 피드백까지 있는 축복받은 환경이다.

각 팀이 주장을 선출하는 동안 이신은 잠시 휴게실로 나왔다.

"마뜩잖은 표정이군요?"

어느새 따라 나온 왕춘 감독이 말을 건넸다.

"훈련의 목적은 압니다."

"하지만 딱히 의미는 없어 보인다는 겁니까?"

왕춘 감독은 정곡을 찔렀다.

"예."

"모두가 다 당신처럼 강인한 게 아닙니다."

"……."

"넘을 수 없는 벽 앞에 좌절하기도 하고, 보다 높은 도약을 위해 타인의 도움도 필요합니다. 카이저라도 이 자리에 오기까지 완전히 혼자였던 것은 아니지 않습니까?"

이신은 곰곰이 생각해 보다가 최환열이 떠올랐다.

플레이의 대부분은 VOD를 보며 홀로 연구한 게 대부분이었지만, 기본기를 습득하는 데 많은 도움을 줬고 게임 외적인 부분에서 끌어준 면도 있었다.

"그런 것 같습니다."

이신은 고개를 끄덕였다.

"자, 그냥 심심풀이라는 셈 치고 후배들과 어울려 주십시오. 혹시 모르잖습니까. 어린아이에게도 배울 점이 있다고 했는데, 당신도 뭔가를 깨우치는 계기가 될지."

고개를 끄덕인 이신은 다시 연습실로 돌아갔다.

다른 팀들도 주장을 선출했다. 신족 팀은 단연 지우평, 괴물 팀은 리우였다. 실력 위주로 주장을 뽑았는데, 박영호의 경우 실력은 공인되었으나 의사소통이 잘 되지 않는 관계로 리우가 뽑혔다.

역할 분담 게임에 참여할 수 있는 건 한 팀당 4명까지였으므로, 주장을 제외한 다른 3명은 1군, 2군과 상관없이 제비뽑기로 뽑았다. 어차피 번갈아 가면서 모두 참여할 기회가 주어질 터였다.

"풀리그 방식으로 1위를 뽑는다. 상만 있으면 재미없으니 벌칙도 정하지."

왕춘 감독이 규칙을 추가했다.

"꼴지를 한 팀은 24시간 훈련."

"24시간?!"

"잠도 자지 않고?"

"와, 너무해."

선수들이 암담해진 얼굴로 울상이 되었을 때였다.

문득 박영호가 나서서 왕춘 감독에게 뭐라고 얘기를 했다.

하는 수 없이 이신이 통역해 주었는데 내용은 다음과 같았다.

"24시간 밤샘 훈련은 자주 했던 일이라 너무 쉽고, 60시간쯤은 되어야 재미있는 벌칙이 되지 않겠냐고 합니다."

왕춘 감독도 코치도 선수들도 그만 멍해졌다.

"60시간? 그거 장난이지?"

"에이, 사람이 어떻게 60시간 동안 잠도 자지 않고 게임을 해."

"아냐, 한국인은 할 수 있댔어. 한국인 게이머들은 PC방에서 며칠 지새는 건 기본이라고……."

"그런 민족이 어디 있어?!"

"여긴 중국이라고!"

"24시간 밤새는 게 너무 쉽다니, 무서운 한국의 게임 폐인들……."

"그 정도는 해야 은메달을 딸 수 있는 건가? 너무 지독하잖아!"

왕춘 감독은 코치진과 상의를 했다. 모양새를 보니 정말 박영호의 의견을 진지하게 받아들이고 고민하는 것 같아 선수들은 불안해졌다.

이윽고,

"좋습니다. 꼴지 팀은 밤을 새든 새우잠을 자든, 진 시점부터 60시간 동안 연습실을 떠나지 말 것."

그러고는 화이트보드에 60이라는 숫자를 적었다.

"으아악!"

"진짜 60시간이다!"

"이제 외박 휴가 보상 따위가 문제가 아니야!"

"다 모여! 제대로 전략 짜자고!"

패닉에 빠진 선수들이 전의에 불타올랐다.

어떻게든 꼴지는 면해야 한다는 의지로 가득 찼다.

한편, 의견을 낸 박영호 본인도 화이트보드에 쓰여 있는 숫자를 보고 당혹했다.

"형, 내 말 제대로 통역한 거 맞아? 난 분명 40시간이라고 했는데……."

"40시간도 너무 쉬워."

박영호는 넋이 나간 표정으로 이신을 쳐다보았다.

그랬다.

박영호도 인간적으로(?) 40시간을 제안했는데, 중간에서 통역한 이신이 60시간으로 뻥튀기해 버린 것이다.

'그쯤은 되어야지.'

40시간 밤샘 훈련도 여러 차례 해본 적이 있는 이신.

벌칙이라면 그쯤은 되어야 한다는 자신만의 기준으로 이런 만행을 저지른 것이었다.

덕분에 선수들은 불타올랐다.

"생산은 누가 맡지? 이게 가장 중요한 역할이잖아."

"당연히 주장인 카이저가 맡아야지."

"아냐! 카이저의 컨트롤이 너무 아깝잖아! 직접 유닛 컨트롤해서 견제하는 역할을 해줘야 돼."

"바보냐? 견제 플레이도 운영이 중요하지."

"어째서?"

"견제에 투입할 병력을 생산하고 그것 때문에 지출되는 자원 손해도 최소화시켜 주는 관리가 필요하잖아. 게다가 견제는 아무 때나 하냐? 상대 상황을 살펴가면서 적절한 타이밍에 해야 하고, 단발성으로 끝나지 않고 연속으로 공세를 이어가려면 오더를 잘 내려야 해."

1군 주전 선수의 말이라 2군과 연습생들은 그렇구나 하고 고개를 끄덕였다.

"게다가 건설로봇 컨트롤도 카이저가 최고잖아. 일단은 생산은 카이저에게 맡기자."

그렇게 생산과 운영은 카이저가 총괄하기로 결정 났다.

첫 번째 상대는 신족이었다.

생산을 담당한 것은 역시나 지우평이었다.

그렇게 게임이 시작되었는데, 헤드셋으로 서로 바쁘게 이야기를 주고받으며 플레이하는 건 색다른 재미가 있었다.

이신의 첫 활약은 건설로봇의 정찰로 시작되었다.

본진 출입구를 광신도가 막고 있었는데, 이신이 컨트롤하는 건설로봇이 멋지게 통과해 버린 것이다.

—오!

—우와, 어떻게 한 거야?

이신이 간단히 답했다.

—앞마당 자원 클릭하고 비비면 돼.

—앞마당 자원?

—각도 조절을 잘 하면 미세하게 비비고 통과할 수 있어.

생산 유닛으로 자원을 클릭하면 중간 루트를 가로막는 유닛을 그냥 통과해 버리는 특성이 있다.

그걸 활용하여서 미세하게 광신도를 통과할 수 있는 빈틈을 만들어낸 것이다.

물론 프로들 사이에서 활용되는 노하우이긴 하지만, 저런 위치에서도 통과가 될 줄은 미처 몰랐다.

—저 위치에서도 되긴 되는구나.

—각도 조절을 얼마나 잘해야 하는 거야?

덕분에 신족 팀의 빌드 오더를 확인.

—건물이 하나 비었다!

—철갑충차다!

—로봇공학연구소를 어딘가에 숨겨 지은 거야.

상대 팀의 의도가 빤히 밝혀졌다.

생산과 컨트롤을 각기 분담할 수 있기 때문에, 한 명이 철갑충차 컨트롤에 집중해서 견제하겠다는 의도였다.

—안전하게 가볼까.

이신은 안전하게 본진과 앞마당에 대공포를 건설하기 시작했다.

철갑충차가 수송기를 타고 침투하지 못하게 원천봉쇄한 것.

그리고 고속전차를 생산해서 맵 곳곳에 지뢰를 심고 정찰을 하도록 시켰다.

철갑충차로 견제하면서 2번째 확장 기지까지 가져갈 시간을 버는 게 신족 팀의 목적.

의도 파악이 끝났으니 이신은 자신의 판단대로 대응을 개시했다.

기갑정거장을 늘려 짓고 고속전차를 찍어낸 것.

컨트롤을 맡은 세 팀원에게 계속 견제를 펼치도록 했다.

―내가 앞마당 갈게, 넌 9시로 가.

―좋아!

―오, 항공수송선도 나왔다. 이거 내가 쓴다?

―그래, 넌 그걸로 본진 가.

세 선수가 각기 3곳을 공격하니, 멋진 견제 플레이가 펼쳐졌다.

이신은 팀원들에게 지시를 내림으로써 견제 플레이가 단지 산발적인 공세로 끝나는 게 아니라, 서로 연계되어서 시너지 효과가 일어나도록 유도했다.

―카이저, 기계보병도 조금만 뽑아줘.

본진 견제를 맡은 팀원이 요구하자 이신은 쾌히 기계보병을 생산해 주었다.

놀랍게도 그 팀원은 기계보병을 항공수송선에 태워서 상대 진영에 드롭, 상대측의 정찰선을 격추시키는 데 활용했다.

—여기다가 레이더!

레이더를 쓰자 투명했던 모습이 드러나는 신족의 정찰기.

기계보병이 즉각 그 정찰기를 격추시켰다.

'괜찮은 방법이군.'

정찰기를 격추시킴으로써 신족은 본진에 깔린 지뢰를 제거할 수 있는 방법이 없어져 버렸다.

그렇게 지뢰 제거를 방해하면서, 본진 공격이 더 원활해졌다.

고속전차들이 계속 항공수송선을 타고 침투해 본진을 마구 헤집었다.

기계보병도 견제에 동원해 상대 정찰기를 제거한다는 발상은 이신도 해본 적이 없었다.

'정말 배울 점이 있었군.'

왕춘 감독이 옳았다. 이신도 무언가를 배웠다.

본진만이 아니라 앞마당과 2번째 확장 기지로 견제를 당하고 있어서 신족 팀은 정신이 하나도 없었다.

—와, 이러니까 진짜 잘된다.

—하하! 우리가 전성기 시절의 카이저가 된 것 같아.

—이러니까 카이저의 견제를 알아도 못 막는 거구나.

팀원들은 한 가지 사실을 깨달았다.

넷이서 다 함께하는 플레이가 이신을 닮았다는 것.

물론 생산과 운영을 맡은 게 이신이니 당연했지만, 사방에서 동시다발로 펼치는 견제가 쏙 빼닮았다.

셋이서 분담해서 하는 플레이를, 이신은 혼자 펼쳐냈던 것이다.

'나도 이런 플레이를 해봐야지.'

'그냥 간간히 한두 번 하는 견제는 약해. 이렇게 상대가 방비하고 있어도 견제가 먹힐 수 있도록 만들어내는 게 필요해.'

'견제만이 아니라 공격할 때도 이런 식으로 하면 좋은 것 같다.'

이신이 내리는 지시를 통해 그의 의도와 상황 판단력이 팀원들에게도 전해졌다.

이를 통해 팀원들은 초일류 플레이를 체험할 수 있었다.

결국 신족 팀은 견제만 받다가 무너지고 말았다.

빌드 오더를 들키는 바람에 철갑충차로 아무것도 못한 신족 팀은 완패당할 수밖에 없었다.

"와."

"롤러코스터 탄 느낌이었어."

"카이저의 오더대로 하니까 재미있네. 상황 전개가 진짜 빨라."

이신과 합작 플레이를 하면서 개안을 한 팀원들.

이어진 게임에서도 교대로 출전한 팀원들이 같은 기분을 느꼈다.

이신 팀은 무적이었다.

그것은 오더를 내리는 능력의 차이였다.

마계에서 서열전과 모의전을 치러본 경험이 이신의 오더 능력을 턱없이 높게 키워준 까닭이었다.

디테일한 부분까지 지시를 내림으로써 팀원들에게 가르침을 내려준 셈.

한편으로는 이신도 새로운 기분을 느꼈다.

'평소보다 더 잘됐다.'

손이 여덟 개가 됐으니 당연한 일이었지만, 그것 말고도 다른 이유가 있었다.

직접 플레이하기보다는, 서열전 지휘를 하듯이 전황을 관조하는 입장에 서다 보니 게임이 새롭게 다가왔다.

새로운 시각에서 게임을 보게 된 것.

게다가 팀원들도 제각기 개성과 아이디어가 있었고, 이를 통해 이신도 많은 것을 배웠다.

'아직도 더 성장할 수 있는 여지가 있었구나.'

이래서 스페이스 크래프트는 재미있었다.

그날 이신의 인류 팀은 압도적으로 1위를 했다.

꼴지는 괴물 팀이었다.

"다들 오해하지 마, 난 분명 40시간이라고 했는데 저 양반이 글쎄……."

박영호가 팀원들의 원망을 한 몸에 받으며 손짓, 발짓으로 떠들어댔다.

보아하니 그새 꽤 친해진 모양이었다.

제7장

각성

최종 승리한 인류 팀의 저력은 모두를 놀라게 했다.

"보통 역할 분담을 하면 가장 유리한 건 신족이었을 텐데?"

"신족 맞지. 구성원의 실력이 연습생 이상이면 신족이 가장 유리해."

코치들은 결과에 놀라 서로 대화를 주고받았다.

사전에 실험한 결과, 그들은 신족의 우세를 예상했다.

신족은 병력 물량을 모아 크게 전투를 벌이는 플레이를 한다.

그 큰 전투에서 구성원이 모든 유닛을 분담해서 컨트롤하니, 자리 잡고 싸우는 인류나 물량 회전으로 소모전을 벌이는 괴물보다 성과가 높게 나타난다.

게다가 마법 유닛도 멀티태스킹의 부담 없이 펼칠 수 있게 되니 역할 분담의 효과가 가장 극대화되는 것이다.

신족 팀이 이길 테니 팀 내에서 가장 노력하는 지우평에게 휴식이나 주자는 의도도 포함되어 있었다.

그런데 웬걸.

코치들은 당혹해하며 인류 팀을 바라보았다.

경이가 담긴 그들의 시선은 이신을 향하고 있었다.

"오더의 승리군."

왕춘 감독이 평했다.

"지시가 놀라울 정도로 빠르고 정확해. 이 정도로 상세한 지시를 한순간도 놓치지 않고 자연스럽게 내렸어."

게임 내내 이신의 입은 쉬지 않았다.

손은 여덟 개였으되, 플레이는 이신 한 사람이 했다.

중국어 어휘력에 놀랄 정도.

중국인도 그렇게는 못할 정도로 대단히 상세한 지시를 속사포로 내렸으니 말이다.

"1초도 놓치지 않고 구술(口述)할 수 있을 정도로 자기 플레이를 논리정연하게 이해했다는 뜻이다."

"그걸 두고 통달(通達)했다고 하는 거겠죠."

이신이 이끄는 인류 팀은 총 4번을 싸워서 전승을 기록했다. 오더를 내린 이신을 경외할 수밖에 없었다. 이쯤 되면 대가(大家)라 불러야 할 듯싶었다.

어쨌든 이신을 비롯한 팀의 모든 인류 선수들은 1박 2일의 휴가를 떠났고, 꼴찌인 괴물 팀은 장장 60시간의 연습실 생활이 시작되었다.

이신은 팀원들과 함께 북경 관광을 다니며 어울렸다.

세계 최고의 스타인 이신이다 보니 어린 선수들도 궁금한 게 참 많았다.

이것저것 질문에 대해 쾌히 답해주면서 이신 또한 그들이 무슨 생각을 하며 선수 생활을 하는지 이해할 수 있었다.

'어디나 똑같군.'

젊은 나이.

프로게이머라는 직업.

선수 생활 후 진로에 대한 고민.

한국보다 더 훌륭한 인프라를 바탕으로 활동하고 있지만, 나이 어린 선수들의 고민은 마찬가지였다.

이신은 자신의 선수 생활 경험을 많이 들려주면서 조언을 해주기도 하고 중국 쪽 사정을 듣기도 하며 유익한 시간을 보냈다.

한편, 괴물 팀은 지옥의 60시간 훈련이 시작되었다.

프로리그 시즌이 이제 시작되었고 경기에 앞서 컨디션 조절도 필요하므로 말만 60시간이지 조금은 봐줄 거라는 기대도 있었지만,

"약속은 약속이니까."

그런 건 없었다.

왕춘 감독은 오히려 본인까지 남아서 선수들과 함께 60시간

을 채우기로 하여서 선수들은 더욱 경악스럽게 만들었다.

특히나 리우는 왕춘 감독까지 함께 연습실에 남기로 하자 완전히 울상이 되었다.

감독이 보고 있으니 다른 게임을 하며 딴짓을 할 수도 없는 노릇이었다.

프로리그가 시작된 마당에 60시간 벌칙과 1박 2일 휴가는 지나친 감이 없잖아 있었다.

하지만 왕춘 감독으로서는 아직 시작일 때 확실히 짚고 넘어가야 할 팀의 숙제가 있었다.

한국에서 데려온 두 외국인 선수와 팀의 화합.

그리고 첫 경기에서 좋지 않은 모습을 보여준 리우.

특히나 후자!

게으르고 뺀질거리는 리우에게 60시간 특훈을 시킬 기회는 많지 않았다.

약속은 약속이었으므로 리우도 달아날 궁리를 할 수 없었고, 왕춘 감독은 함께 남아 리우를 집중적으로 관리했다.

이틀 뒤, 프로리그 두 번째 경기가 있었다.

40시간 가까이 연습실에 죽치고 있던 괴물 선수들은 그저 이곳을 벗어나고 싶어서 죽을 것 같은 상태!

왕춘 감독이 제안했다.

"괴물을 한 명 2세트에 투입할 생각인데, 이기면 나머지 시간을 면제해 주지."

누가 경기에 출전할지 선수들에게 선택권을 준 것이었다.

그 제안에 괴물 선수들은 서로 머리를 맞대고 궁리했다.

리우냐 박영호냐를 의논했는데, 결국 박영호가 나섰다.

"누가 나와도 기필코 때려잡는다. 나만 믿고 있어!"

2년 연속 은메달에 빛나는 박영호가 큰소리를 뻥뻥 쳤다.

스마트폰 번역기 어플을 들고 말도 안 되는 중국어를 소리치는 그의 모습에 다른 선수들도 웃었다.

"제발 이겨줘!"

"천하의 러너인데 이기겠지."

"인간적으로 60시간은 미친 짓이다."

모두의 기대를 받으며 출전을 예고한 박영호는 확실히 팀에 녹아든 모습이었다.

한편, 왕춘 감독은 리우 대신 1군 인류 선수를 더 출전시켜 보기로 했다.

역할 분담 게임의 뜻밖의 효과로, 이신의 오더를 받아본 인류 선수들의 경기력이 향상된 것이다.

한 번 이신의 수족이 되어 움직여 본 경험이 바탕이 되어서, 다들 이신의 영향을 받은 플레이 스타일을 보여주었다.

만약 공식전에서도 좋은 모습을 보여준다면 SC스타즈로서는 필승 카드 4장뿐만이 아니라, 상황에 따라 라인업에 변화를 더 줄 수 있는 여지가 만들어지는 셈이었다.

두 번째 공식 경기에서 SC스타즈는 또다시 크게 홍행했다.

3—0 완승.

1세트에서 이신 효과를 톡톡히 받은 1군 인류 선수가 상대 팀 괴물을 상대로 승리를 거두었다.

2세트는 약속대로 박영호가 출전하여서 상대 팀 인류를 압도했다.

박영호는 쐐기충 편대로 인류의 진영을 지속적으로 괴롭혔는데, 일반 괴물과 궤를 달리하는 엄청난 쐐기충 컨트롤에 인류의 진영이 쑥대밭이 되었다.

상대 팀 인류는 병력이 진출 한 번 못해보고 쐐기충 편대에 휘둘려 본진 수비만 하다가 GG를 선언했다.

3세트는 이신의 차례였다.

3세트에서는 상대 팀이 이신을 저격한 감이 없지 않았다.

단단한 디펜스로 이름 난 인류 선수가 상대 팀에서 나온 것.

분명히 이신이라면 2기갑이든 1기갑 1항공이든 공격적인 빌드 오더를 들고 나와 적극적으로 견제에 나설 거라고 예상했던 모양이었다.

그러면 견제를 침착하게 막아내면서 유리한 국면을 유지하며 장기전.

약점이라면 약점이라고 할 수 있는, 이신이 가장 싫어하는 패턴을 준비한 듯했다.

초반에는 그들의 의도대로 흘러갔다.

정말로, 이신은 1기갑 1항공 빌드로 출발했다.

고속전차와 항공수송선을 활용해 상대 진영에 견제로 큰 피해를 주겠다는 의도였다.

상대 인류는 이를 다 알고 있었다는 듯, 기계보병을 먼저 뽑는 강수를 보였다.

고속전차의 천적이라 할 수 있는 기계보병은 지대공 공격력도 좋으므로, 항공수송선도 침투해 오지 못하게 잘 방어했다.

수가 막혀 버린 이신은 자연스레 상대적으로 가난한 상황이 되었다.

하지만 그때부터 이신의 스타일이 180도 돌변했다.

본래 견제가 막히면, 오히려 더 공격적으로 나서서 없는 빈틈을 만들어내는 게 이신의 주특기.

상대도 그 점에 주목해서 다 막아내고야 말겠다고 의욕을 다진 상태였다.

그런데 이신은 운영에 집중하면서 장기전을 택했다.

그때부터는 서로 역할이 바뀐 듯한 양상이 펼쳐졌다.

자원적으로 유리한 상대측은 어떻게든 이 유리함을 이어가기 위해 계속 공세를 펼쳤다.

이신은 유리한 지점에 자리를 잡고 버티며 계속 막아냈다.

이신이 너무 잘 버티니, 상대도 생각을 바꿔서 장기전을 택했다.

병력에서 앞서는 점을 최대한 활용, 맵의 6할을 점유한 방어선을 구축.

장기전이 되더라도 더 많은 자원 지역을 점유한 까닭에 이길 수밖에 없다고 생각한 것이다.

"상황이 영 안 좋게 흘러가는데요."

"좋은 페이스로 상황을 끌고 가는군."

왕춘 감독은 코치와 함께 의견을 주고받았다.

한 번 고착된 전선(戰線)을 깨부수기란 쉬운 일이 아니었다.

상대는 맵의 6할을 점유한 채, 대공포까지 두르며 방어를 점점 탄탄하게 하고 있었다.

불리한 상황을 타개하려면 결국 이신이 먼저 어떤 수를 쓸 수밖에 없었다.

상대는 그걸 기다렸다가 막아내고 더 유리해지겠다는 의도였다.

인류 대 인류전에서는 먼저 나서는 쪽이 더 큰 리스크를 짊어지게 마련이니까.

교과서 같은 공식대로 탄탄하게 승리를 향해 나아가는 운영.

상대 팀이 대 이신 전략을 잘 준비해 왔다고밖에 볼 수 없었다.

"그런데 카이저가 평소와 다른데요. 이럴 때일수록 더 활발하게 공세를 펼쳤어야 정상인데요."

"카이저치고는 너무 잠잠하긴 하군."

왕춘 감독도 그치고는 상당히 얌전한 이신의 운영에 의아함을 느꼈다.

수세에 몰린 탓에 압도되어서 아무것도 못하고 있느냐 하면 그런 것 같지도 않았다.

그저 평온하게 무언가를 준비하는 것 같았다.

'노리는 게 있나?'

그런 생각이 들었다.

경기 중에서 레이더를 뿌리는 소리가 계속 들리고 있었는데, 이신이 수시로 상대 진영을 훑어보고 있다는 뜻이었다.

마침 옵서버가 이신의 진영 상황을 보여주었다.

놀랍게도 이신은 전술위성을 3기나 뽑아두었고, 통제사령부 건물 역시 2채나 지어놓았다.

이건 전술위성의 디펜시브 실드를 활용해 돌파를 시도하고, 확장기지 2곳을 한 번에 가져갈 준비였다.

마침내 이신이 움직였다.

잠잠히 있다가 한 번 움직이기 시작하자, 그 스케일이 엄청났다.

전 지역에서 적과 대치를 하고 있던 이신의 모든 병력이 전선을 포기하고 한 지점에 모여든 것이다.

병력이 총집결함과 동시에 일제히 중앙 돌파에 나섰다.

—파앗! 파앗! 팟! 팟!

선두에 선 기동포탑들이 디펜시브 실드에 걸려 보호되었다.

병력을 집결시키고 중앙 돌파에 나서기까지의 이신의 움직임이 너무나 빨라 상대는 미처 대응하지 못했다.

디펜시브 실드를 적절하게 걸어주어서 상대의 포격을 무마시킨 전술위성들의 역할이 매우 컸다.

중앙 돌파 성공!

놀란 상대는 황급히 병력을 일시적으로 뒤로 물리며 재정비한 뒤 다시 반격할 채비를 했다.

하지만 그다음 순간에 펼쳐진 이신의 움직임도 너무나 빨랐다.

중앙 돌파 직후, 모여 있던 이신의 병력이 다시 뿔뿔이 나뉘어져서 맵을 크게 가로지르는 전선을 다시 만들어 버렸다.

상대가 병력을 물린 틈에 맵의 7할을 점유해 버리는 엄청난 방어선 구축!

게다가 동시에 확장기지 2개를 가져가 버렸다.

모두가 어안이 벙벙해졌다.

미니 맵만 봐도 7할 가량이 이신의 세력이었다.

지금껏 불리했던 이신인데, 단 한 번의 움직임에 갑자기 승부가 뒤집혀 버렸다.

필살의 승부수도 아니었고, 그냥 자연스럽게 역전을 만들어 버린 이신.

그를 제외한 모두가 귀신에 홀린 듯한 반응이었다.

'카이저는 전체적인 상황을 보고 움직였다.'

수시로 벌어지는 전투에서 누가 더 이득을 봤네, 하는 득실 계산이 아니라, 전쟁의 흐름 자체를 보고 수를 두었다.

평소같은 화려한 컨트롤이나 난전이 아니었는데도, 신의 한 수처럼 그냥 상대의 전선을 붕괴시키고 승리를 가져와 버렸다.

결국 이신은 승리했다.

숨 쉬듯이 자연스럽게 불리한 상황에서 승리한 이신의 그날 플레이에 왕춘 감독은 위화감을 느꼈다.

'그날 역할 분담 게임을 통해 성장한 게 어린 선수들뿐만이

아니었던 건가?'

어쩐지 이신이 한 번 더 각성을 한 것 같은 기분이 드는 것이었다.

*　　　*　　　*

[이신, 중국에서 2승 거둬]

["신의 경지" 이신의 탁월한 동족전 운영에 찬사 쏟아져]

[세계 최고 레벨을 보여준 '신의 한 수']

한국 e스포츠 언론은 이신의 활약상을 부지런히 기사화하고 있었다.

세계 왕좌도 탈환한 직후라 이신의 인기는 절정에 이른 상태.

거기에 이신이 보여주는 플레이도 버릴 것이 하나도 없어 재미있었다.

4 대 6으로 맵을 양분하던 전선이 7 대 3으로 재구축되는 일련의 흐름은 아름답기까지 했다.

물결치듯이 변하는 미니 맵의 변화는 영상이 편집되어서 '신의 한 수'라는 제목으로 SNS에 널리 공유되기도 했다.

원래 인류 대 인류의 싸움에서 한 번 고착된 전선은 웬만해서는 잘 변하지 않았다.

양측 다 주력이 자리 잡고서 포격을 하는 기동포탑이기 때문.

때문에 인류 대 인류전을 가장 재미없는 경기로 꼽는다.

하지만 이러한 인류 동족전을 좋아하는 마니아층도 있는데, 그들은 일류들의 고차원적인 국지전을 즐겼다.

바로 이신이 보여준 신의 한 수가 그런 것이었다.

전술위성을 3기나 뽑아서 돌파에 투입한 결단.

중앙돌파로 적의 전선을 무너뜨리고, 재정비하기 위해 물러난 틈을 타 그 공백을 자신의 병력으로 쏜살같이 채워 넣었다.

상대가 정신을 차렸을 땐 이미 턱밑까지 압박하는 이신의 전선이 구축된 뒤였다.

결단과 실행이 폭풍 같아서 좇아가지 못했던 것이다.

그때부터는 소위 '각도기' 싸움이었다.

기동포탑의 사거리를 계산하며 한 발짝씩 전진해 끊임없이 포격을 주고받았다.

이신은 사방에서 계속 한 발짝씩 전진시켜 가며 7 대 3을 8 대 2로 좁혀 나가고, 전선 붕괴로 인해 노출된 상대의 확장기지를 공격했다.

압승!

눈이 즐거운 슈퍼 플레이가 나오지도 않았는데, 그냥 자연스럽게 역전이 만들어진 경기였다.

"이젠 약점이 없다."

"공략하고자 했던 카이저의 약점이 사라져 버렸다."

"이제 SC스타즈의 독주를 막을 방도가 없다."

"SC스타즈와 싸울 때 1승은 내주고 시작하는 셈."

e스포츠 전문가들의 평이었다.

SC스타즈를 제외한 다른 중국 프로 팀들은 더욱 이신에게 대항하기 위한 연구에 박차를 가했다.

SC스타즈는 이신만 꺾으면 되는 팀이 아니었다.

박영호, 지우평, 리우 등 초특급 선수가 줄줄이 받쳐주고 있다.

심지어 주전이 아닌 다른 1군 선수들도 최근 온라인에서 한 층 더 실력이 향상된 모습을 보이고 있었다.

어느 팀에 가도 붙박이 주전을 꿰찰 수 있는 선수들이 대기 전력으로 있을 정도로 SC스타즈의 라인업은 호화로웠다.

때문에 일단 이신에게 1승을 헌납한 채 시작한다는 발상은 허용되지 않았다.

그때부터 각 팀들은 이신을 상대로 한 갖가지 실험을 시작했다.

온라인에서 이신을 찾아 대전을 신청하여 데이터를 얻으려고 애썼다.

그렇게 얻은 데이터를 바탕으로 전략을 짜서 SC스타즈와의 경기에서 써먹었다.

하지만…….

—카이저 4승째!

—대단한 포지셔닝이었습니다. 양면에서 덮친 신족 병력을 섬멸시킨 후, 숨 쉴 틈도 주지 않고 4곳을 동시 타격해 일소(一掃)!

—충분히 해볼 만한 싸움이었다고 생각됐습니다. 그런데 어

떻게 이런 대패로 이어졌는지 그 과정을 봐도 잘 이해가 가지 않습니다!

4승째.

괴물을 상대로 3승을 거둔 뒤, 이틀 뒤에 다시 4번째 승을 올렸다.

상대는 신족이었다.

상대 신족 선수도 이신을 상대로 준비를 상당히 많이 한 것으로 보였다.

비슷한 패턴이었다.

견제를 잘 막아내고 장기전으로 간다는 마인드.

하지만 이신은 그런 마인드를 가진 상대와 한두 번 싸워보는 게 아니었다.

지금까지 자신을 상대로 분전을 펼친 선수는 신지호, 지우평처럼 견제를 잘 막아내는 디펜스 능력을 가지고 있었다.

제자 중에서는 차이가 그러했다.

혹은 이신에 맞먹거나 능가하는 피지컬과 컨트롤 능력을 지닌 상대도 있었다.

대표적인 게 그랑프리 결승전 상대였던 박영호.

제자 중에서는 장양이 그러했다.

하지만 후자 타입인 박영호와 장양도 기본적으로 이신의 견제를 차단하는 방어력이 있었다.

수많은 경험에서 그 사실을 잘 알고 있는 이신이 공격적이고 가난한 스타일만 고집할 리가 없었다.

'굳이 그렇게 공략당할 여지를 줄 필요가 없지.'

이미 이신은 세계 유수의 팀들에 의해 공략당하고 있었다.

전문적인 전략연구실이 이신의 데이터를 수집하여서 그의 모든 공격 루트를 파악하고 대처법 매뉴얼을 정리해 나가고 있었다.

SC스타즈도 그러한 데이터가 있었기에, 이신도 그 자료를 참고해서 공식전에서 보인 적이 없는 견제 루트를 구상하곤 했다.

그 소상한 자료를 본 이신은 언제까지고 계속 이 같은 스타일을 유지할 수는 없다고 여겼다.

'어차피 예전의 플레이를 재현해 본 것뿐이었다.'

Kaiser2017에게 자극받아서 과거의 자신을 참고해 보았을 뿐이었다.

피지컬이 과거보다 떨어지긴 했지만, 그럭저럭 예전 모습을 되찾는 데는 성공했다.

되찾았으니, 이제는 다시 버릴 생각이었다.

'이제부터는 새로운 나다.'

그때보다 나이도 들고, 1년 공백기도 있었다.

하지만 그레모리의 계약자로서 서열전을 경험했다.

게임이 아닌, 그 전투의 현장에서 지휘관이 되어 싸워보았다.

머릿속에 가상의 키보드와 마우스를 떠올리는 등, 계약자로서의 이신에게 프로게이머로서의 이신을 덧씌워서 스타일을 완성했다.

그렇다면 그 반대도 가능하지 않을까?

서열전에서 얻은 경험을 프로게이머로서의 자신에게 덧씌우는 것이다.

상당히 애매모호한 개념이었지만, 얼마 전에 있었던 역할 분담 훈련을 통해 이신은 힌트를 얻었다.

각성(覺醒)이라고 표현해도 좋았다.

말로는 형용할 수 없는 어떤 깨달음을 느낀 이신.

게임을 보는 시야가 더 넓게 열린 듯한 느낌이었다.

2승째부터 이신은 그 깨달음이 담긴 플레이를 펼쳤다.

마치 다른 사람이 된 것 같은, 범용적인 정식 빌드 오더 순서를 밟으며 초반에는 잠잠한 모습이었다.

덕분에 상대 신족도 견제받지 않고 세력을 확장했다.

이신이 너무 신족을 가만 놔둔다고 싶었을 즈음이었다.

이신 또한 병력을 모두 갖춰서 진격을 시작했다.

신족은 그걸 기다렸다는 듯이 잡아먹을 태세였다.

하지만 결과는 허무할 정도로 이신의 대승.

이신은 단 두 번의 전투로 신족을 몰살시켰다.

신족의 상황이 나쁘지 않았는데도, 싸움을 잘못했다고밖에 설명할 길이 없었다.

왕춘 감독도 경기가 끝나고 이신에게 어떻게 이겼냐고 물어보았다.

이신은 간단히 답했다.

"사전에 미리 깔아놓은 지뢰군을 징검다리 삼아서 진격했습니다."

그건 인류의 정석이라 참고가 되지 않았다.

하지만 리플레이를 다시 보니, 이신의 병력 움직임이 아주 탁월했다.

수시로 움직이는 고속전차들이 지뢰를 매설해서 적의 동선을 제한시켰다.

개가 양떼를 몰듯이 적을 원하는 위치로 몰아넣었다.

그러고는 전투가 벌어지는 순간, 일부 기동포탑을 좌우로 산개시켜서 학익진 형태를 만드는 탁월한 포지셔닝!

양방향에서 달려드는 신족의 움직임도 나쁘지 않았음에도 몰살을 면치 못했다.

네티즌들의 반응도 뜨거웠다.

—이제는 그냥 숨 쉬듯이 가볍게 이김ㅋㅋ

—마침내 완전체가 되셨다.

—이신이 정석 하면 정말 아무도 못 이긴다고 옛날부터 떡밥이 많았는데, 이제 정말로 실현됐네요.

—미쳤다, 진짜ㅋㅋ 이제 이신 어떻게 이기지?

—진정한 사기 캐릭터가 되셨다.

—신님 만세!

—이신교에서 문안 인사드리러 왔습니다.(1)

—이신교에서 문안 인사드리러 왔습니다.(2)

—이신교에서 문안 인사드리러…….

—그만해, 미친 광신도들아.

—이신교ㄷㄷ

그것이 비단 팬들의 호들갑이 아니라는 것은 무엇보다도 같은 팀 선수들이 잘 알았다.

"와, 진짜 보약이라도 먹었나!"

박영호는 키보드를 쾅 후려쳤다.

연습실.

이신과 연습을 시작하고서 박영호의 분노는 점점 게이지가 쌓여갔다.

승률이 점점 나빠지고 있었다.

특히 게임이 중반이 넘어가면, 기갑체제로 전환한 이신을 도저히 이길 수가 없었다.

잠잠했던 이신이 한 번 병력을 움직이기 시작하면, 눈 깜짝할 사이에 박영호는 본진과 모든 확장 기지가 압박받는 상황에 처했다.

풍림화산(風林火山)이라고나 할까.

산처럼 버티고 있다가 바람처럼 진격해 삽시간에 맵을 장악해 버렸다.

그러고는 상대를 압박하는 채로 굳히기에 들어가니, 박영호는 필사적으로 방어만 하다가 지쳐 나가떨어지는 일이 반복되었다.

"좀 더 하지?"

"안 해, 이 양반아!"

박영호는 한 번 더 하자고 권하는 이신에게 버럭 소리치고는 씩씩대며 휴게실로 향했다. 또 군것질을 잔뜩 하며 스트레스를 풀 터였다.

"괴물전을 더 하고 싶은데."

이신은 리우를 쳐다봤다.

리우는 즉시 시선을 피했다.

다른 선수들도 마찬가지였다.

절대무적의 포스를 자랑하는 요즘의 이신은 상대하고 싶지 않았다.

전에는 끊임없이 견제를 받아 괴롭힘을 당하므로 싫었는데, 이제는 이길 방도가 아예 안 보여서 싫었다.

"나랑 하지."

온라인이라도 접속할까 하다가 지우펑이 제안을 했다.

고개를 끄덕인 이신은 지우펑과 대결을 펼쳤다.

첫판은 지우펑의 승리.

지우펑은 이신이 진격할 시간을 줘서는 안 된다고 판단하고 소환 마법으로 계속 후방을 쳐서 승리를 따냈다.

한 번 병력을 일으킨 이신이 단숨에 맵을 장악해 버리는 것이 두려웠던 탓.

하지만 다음 판부터 이신은 평소보다 많은 전술위성을 뽑아 무력화탄을 난사해 소환 마법을 차단하기 시작했다.

지우펑은 갖가지 필살 전략을 펼치며 간간히 승리를 따냈지만, 정석적인 대결에서는 이신을 이기지 못했다.

점점 패배 회수가 많아지자 지우펑의 기분도 덩달아 안 좋아졌다.

그 같은 일이 매일 반복되자 이신은 연습 상대를 찾아 서브 아이디로 온라인을 떠돌아야 했다.

5승, 6승…….

이신의 출전 수가 곧 승리 수였다.

벌써부터 이신의 무패 기록이 얼마나 갈지 언론에서 초점을 두기 시작했다.

"전보다 시야 장악에 좀 더 신경 쓰는 것 같습니다."

"흐름을 잘 읽고 움직이는 것 같군."

전략팀이 밝혀낸 이신의 플레이 변화 중 하나는 시야 장악에 보다 신경 쓰는 점이었다.

상대의 동태를 파악하는 데에 보다 노력을 기울인다는 것이었다.

"그러고 보면, 카이저가 패배한 게임들은 대개 상대가 카이저를 속이는 데 성공한 경우였지."

"예, 시야 장악에 더 신경 쓰기 시작했으니 이제 속이기가 더 힘들겠는데요. 이제 사람이 이길 도리가 없을 정도입니다."

"사람은 말이지."

"예?"

"아니, 아무것도 아니다."

왕춘 감독은 그리 대답하며 이신을 쳐다보았다.

적수를 찾아볼 수 없는 기세를 내뿜는 요즘인데, 왠지 이신은 기쁨이 보이지 않았다.

*　　　　*　　　　*

'재미없군.'

이런 날이 다시 찾아올 줄은 몰랐다.

전보다 더 강해진 것까지는 좋았는데, 그 때문에 승부가 주는 긴장감이 떨어졌다.

이제는 상대가 누구라도 긴장이 되지 않았다.

무패 우승 및 무패 금메달을 달성했던 옛날 이후로, 이제 와서 이런 기분이 또 찾아올 줄은 미처 몰랐다.

이제는 연습 상대를 찾아 북미 서버에 접속하는 이신.

마이클 조셉 같은 강자와 게임을 해보고 싶었기 때문이다.

그곳에서도 새로 만든 서브 아이디가 연승 행진 끝에 초고속으로 S등급을 따냈다.

'마계나 가볼까?'

승부에 중독된 이신.

긴장감이 서서히 떨어지자 기분 전환 삼아 서열전이나 치러야겠다는 생각에까지 이른 이신이었다.

제8장

용의 아들

한국에서도 프로리그 4라운드가 진행 중이었다.

유력한 우승 후보 올도어SCC는 1위 자리를 굳건히 지켰다.

일명 신의 유산.

이신의 제자 4인방이 여전히 무서운 활약을 한 탓이었다.

주디는 스승의 초기 교육 방침대로 안정적으로 승리를 가져다주는 선수가 되었다.

에이스급을 만나면 어려워하지만 그 외의 그저 그런 선수에게 져본 적은 아직까지 없었다.

정석과 안정적인 운영, 그리고 때때로 과감한 확장.

속된 말로 '양민 학살'의 스페셜리스트가 된 것.

만만한 상대를 만났다 하면 반드시 1승을 실수 없이 가져와

주니 최환열 감독으로서는 예뻐하지 않을 수가 없었다.

주디 같은 유형의 선수는 슬럼프도 거의 없기 때문에 신뢰할 수 있었다.

동생 존은 그와 정반대로 불안한 구석이 많은 선수였다.

하는 짓이 불안해서 보기 아찔하다고 해야 할까?

졌을 때는 거기서 왜 싸웠냐는 질책이 절로 나오지만, 이겼을 때는 어떻게 저걸 이겼냐는 감탄을 자아낸다.

웬 약골에게 지는가 하면, 최영준이나 신지호 같은 거물을 격침시키기도 한다.

한마디로 공격성이 매우 투철했다.

워낙에 탁월한 컨트롤을 자랑하여서 그걸 묘기 수준으로 승화시킨 존.

명장면도 많이 만들어냈다.

예를 들면, 괴물 진영으로 침투를 시도했던 항공수송선이 폭탄충에게 격침당했을 때였다.

보병 2명과 의무병 1명만 간신히 내려서 드롭 작전 실패라고 모두가 생각했는데, 존은 고작 그 병력으로 일벌레 5마리를 잡아버리는 괴력을 발휘했다.

촉수충의 촉수와 바퀴 떼의 추격을 요리조리 피해 다니며 일벌레에게 테러를 가한 것이다.

말도 안 되는 컨트롤!

그렇듯 승패를 떠나 존이 나온 경기는 다 재미있다는 평가가 지배적이며, 매번 아슬아슬하지만 승률 또한 주디 못지않았다.

최근에는 이신이 끌던 그 푸른색 롤스로이스 팬텀을 타고 다녀서 더 인기가 많아졌다. 하여간 화젯거리가 많아서 스타성이 다분한 선수였다.

그리고 차이와 장양…….

그 둘은 이제 서로가 경쟁자였다.

무패 행진을 이어가며 누가 이 팀의 에이스인지 경쟁하는 모양새였다.

다가오는 후반기 개인리그가 두려울 정도로 두 사람의 기량은 대단했다.

거기에 기량이 올라온 손지훈과 유진영 등 베테랑도 있으니 신구의 조합이 잘 이루어져 올도어SCC의 연승 행진을 이끌었다.

이제 4라운드까지 올도어SCC가 종합 1위를 하는 건 기정사실.

그러나 다른 팀들도 맥없이 있는 건 아니었다.

2위의 쌍성전자는 일단 무난하게 2인자 자리를 지키고, 포스트시즌에 올도어SCC를 꺾고 우승할 계획이었다.

포스트시즌에 대비해 여러 선수를 기용하며 시험해 보고 있었는데, 다행히 올도어SCC에서 데려온 한태화가 좋은 경기력을 보여주고 있어서 괴물 라인업이 불안했던 쌍성전자를 한숨 돌리게 했다.

변칙에 능한 한태화라면 의외로 올도어SCC의 차이나 장양

같은 에이스를 격침시킬 깜짝 무기가 될지도 몰랐다.

최영준도 프로리그의 왕자답게 엄청난 승률을 보이고 있는 상황.

해외 진출을 노리는 신지호도 올해까지는 팀에 남아주기로 약속했기 때문에 쌍성전자는 철지부심 포스트시즌을 노리고 칼을 갈았다.

한편 또 다른 강팀인 JKT는 불안한 모습을 보였다.

종합 승점에서 3, 4위를 오르내리는 불안한 모습이었다.

자칫 종합 승점에서 4위 자리마저 빼앗기면 상위 4팀이 최종 우승을 가리는 포스트시즌에 진출 못 할 우려도 있었다.

박영호를 중국에 보낸 뒤에 그 빈자리를 제대로 보강하지 못해 일어난 하락세였다.

한편 CT는 하위권에 머무르는 수모를 겪다가 후반기 시즌에 들어 간신히 반등하여 중위권으로 올랐다.

올도어SCC의 2군 중 최고의 유망주였던 김재호가 CT로 이적해 와서 제 몫을 해준 덕분인데, 이 탓에 믿고 쓰는 올도어라는 말이 생겼다.

그리고 최하위권에서도 이변이 있었다.

[카이저 게이밍, 4라운드 현재까지 3승 2패]

[이신 군단, 최약체에서 벗어나나]

[한태곤 감독 "구단주와의 약속 지킬 것"]

[위기의 팀 넥스트, 카이저 게이밍으로 다시 태어나다]

해체 위기에 놓였다가 이신이 인수해서 구원받은 팀 넥스트.

최하위에서 허우적거렸던 그들이 카이저 게이밍(Kaiser gaming)으로 팀명을 바꾸고서 부활하기 시작한 것이다.

종합 승점은 여전히 10위였지만, 9위와의 격차가 이제 거의 없는 거나 다름없는 상황.

올도어SCC와 JKT에게 2패를 헌납했으나, CT나 팀 제미니, 화성전자 같은 강팀으로부터 기적 같은 3승을 따내어서 분위기가 아주 좋았다.

앞으로 남은 상대는 주로 중하위권 팀이므로 꼴찌에서 벗어날 확률이 매우 높은 상황.

이러한 기적을 일으킨 공로자는 닉네임 제로섬으로 활약했던 레전드 한태곤.

그는 감독이 되어 한국 무대에서 꿈을 펼치기 시작했다.

이신으로부터 전권을 위임받은 탓에 막강한 파워로 팀을 장악하고 원하는 대로 운영을 했다.

통계와 체계적인 선수 관리라는 철학으로 팀을 재정비하고 전략 싸움을 무기로 4라운드에 임했다.

제대로 된 게임을 안 한다는 소리를 들을 정도로 올인 전략을 남발하였지만, 강팀들에게서 3승을 따낸 것은 그게 통했기 때문이었다.

무슨 짓을 할지 모르니 강팀들도 두려워하게 된 것.

그리고 그런 카이저 게이밍을 든든히 받쳐주는 팬들이 있었다.

비록…….

—오빠한테 폐 끼치지 말고 똑바로 해라.

—너희 때문에 오빠가 손해 보면 각오해라!

—죽었다 생각하고 연습해라.

—못 이기면 우리가 응징한다!

—오빠가 인수한 팀이 2부 리그 강등이라니 상상하기 싫어.

—지면 오빠 계시는 중국 향해 108배 하고 한강 가라.

이게 응원인지 협박인지는 알 수 없었으나, 오랜만에 팬들의 관심을 받게 된 카이저 게이밍의 선수들은 정말 이기기 위해 열심히 했다.

'꼴찌 탈출하자!'

'2부 리그로 떨어지면 우린 죽는다.'

'구단주님이 VOD로 경기 보신다. 지더라도 열심히 했다는 걸 보여줘야 한다.'

구단주가 세계에서 가장 게임을 잘하는 사람이므로, 지더라도 좋은 플레이를 보여주면 알아줄 터였다.

'부진했다간 이신교한테 화형 당할지도 몰라.'

선수들이 죽기 살기로 훈련에 매진하는 이유!

카이저 게이밍을 응원해 주는 팬들이 바로 이신교였기 때문이다.

이신이 인수한 프로 팀이니, 그들이 잘해야 이신에게도 득이 된다.

반대로 기어코 꼴찌를 해서 2부 리그로 강등당하면 이신은 재정적으로 손해를 입게 된다.

그래서 이신교는 이신의 제자들이 있는 올도어SCC와 함께 카이저 게이밍도 응원하기 시작했다.

덕분에 관심을 받지 못하는 약체였다가 수많은 팬의 응원을 받는 인기 팀이 된 것이다.

이신교는 카이저 게이밍 선수들이 어떤 치사한 전략을 쓰든 그저 이기면 좋아했다.

—ㅋㅋㅋ잘한다ㅋㅋㅋㅋ

—명경기 필요 없으니까 일단 이기고 보자, 얘들아ㅋㅋ

—아싸! 신님의 팀이 또 이겼다!

—일단 꼴찌 탈출부터 하고 봐야 신님께 득이 되지.

—더 야비한 전략은 없음?

—당한 순간 욕 나오는 전략 보고 싶다. 더 연구해라, 한태곤!

이보다 더 든든한 팬이 없었다.

팬들의 관심과 늘어난 관객은 팀의 재정으로 직결되었다.

그만큼 이신교의 화력은 대단했다.

그렇게 카이저 게이밍이 돌풍을 일으키자 후원을 해주겠다는 기업들도 나타났다.

꼴찌에서 부활하는 팀이라는 이미지.

무엇보다도 구단주가 이신인 팀!

이신의 인기가 절정인 지금, 기업들이 자신들의 이미지 상승 효과를 불러와 줄 수 있는 프로 팀에 관심을 두지 않을 리 없었다.

이미 이신 효과를 톡톡히 봤던 스포츠 브랜드 아레나는 벌서 카이저 게이밍에 후원 계약을 제의한 상황.

그런 점까지 더해진다면, 카이저 게이밍이 1부 리그 잔류에 성공한 뒤 이신은 엄청난 투자 수익을 올리는 셈이 된다.

이 같은 한국 프로리그의 분위기를 보며 관계자들은 말했다.

"중국으로 떠난 뒤에도 여전히 e스포츠는 이신을 중심으로 돌아가고 있다."

이신은 자기도 모르게 또다시 승자가 되고 있었다.

* * *

마계로 온 이신은 위 서열에 도전할 준비를 서둘렀다.

현재 그레모리의 서열은 19위.

전단과 피로스를 연달아 꺾고 10위권에 진출한 절호조의 상황이었다.

다음 상대인 서열 18위의 악마군주는 구소인.

모든 질문에 답해주며 명예와 지위를 준다는 악마군주였다.

그레모리와 달리 처음부터 10위권에 쭉 머물러 있던 전통의 강자.

하지만 악마군주 구소인의 근황은 별로 좋지 않았다.

악마군주 구소인은 본래 11위였는데 지금은 18위이니 점진적인 하락세인 것이었다.

"악마군주 구소인에 대해서는 제가 알고 있습니다."

질 드 레가 말했다.

그러고 보면 질 드 레는 본래 서열 15위 악마군주 엘리고르의 계약자였다.

성적이 좋지 않은 탓에 계약자의 지위에서 쫓겨나 다시 지옥에 떨어졌는데, 이신의 소환을 받고 사도가 되어 구원받은 것이다.

물론 이신의 모의전 상대가 되어주면서 실력이 쑥쑥 성장한 지금이라면 그때처럼 비참한 일은 당하지 않았을 테지만, 어쨌거나 덕분에 이신은 질 드 레라는 걸출한 심복을 얻었으니 잘된 일이었다.

질 드 레 또한 언제 다시 지옥으로 다시 쫓겨날지 몰라 전전긍긍했던 그때보다 지금이 더 행복하고 말이다.

참고로 질 드 레를 내쳐 버린 악마군주 엘리고르는 현재 서열이 40위까지 추락한 상태라고 전해졌다.

아무튼 10위권에서 경쟁을 벌였던 질 드 레였기 때문에 같은 구간에 있었던 악마군주 구소인과도 부딪쳐 보았다고 한다.

"악마군주 구소인의 계약자는 발라히아 공국의 인물이었는데 종족은 드워프였습니다."

"발라히아?"

어쩐지 들어본 듯도 한데 기억에는 없는 지명이었다.

질 드 레가 말했다.

"발라히아는 헝가리로부터 독립한 나라입니다. 바사라브 1세라는 위대한 왕이 주변 세력을 규합하여 헝가리에 대항해 건국한 공국이지요."

"바사라브 1세라……."

역시나 들어본 듯한 이름이었다. 하지만 제대로 기억나지가 않았다.

아스라이 들어본 것 같은 느낌이 드는 걸 보면 역사적으로 인지도가 없는 인물은 아닐 터였다.

"포사다 전투가 아주 유명하지요. 헝가리의 3만 군대를 산악지대로 끌어들여 대파한 위대한 전략가입니다. 아, 하지만 악마군주 구소인의 계약자가 바사라브 1세는 아닙니다."

포사다 전투도 들어보았다.

학력평가로 전국구에서 놀던 머리로 취미 삼아 전쟁사를 읽었기 때문이다.

취미에 쓸 시간이 별로 없었던 탓에 아직 모르는 게 더 많지만, 웬만한 인물 이름은 다 일단 수면 아래에 잠들어 있는 기억에 들어 있었다.

'헝가리에 근접해 있다면……'

발라히아라는 지명을 계속 머릿속에서 되새기다가 문득 이신은 뭔가를 떠올렸다.

'루마니아?'

루마니아 남부의 역사적인 지방명이 왈라키아(Walachia)였다. 그 왈라키아가 루마니아어로 발라히아다.

이제야 생각났다.

'그렇다면 혹시 이번 상대 계약자는…….'

"블라드 드라쿨레아?"

이신이 불쑥 묻자 질 드 레는 놀라며 고개를 끄덕였다.

"예, 아시는군요?"

"모를 수가 없지."

"후세에 모르는 사람이 없을 정도로 대단한 위명을 떨친 인물입니까?"

"아니, 그렇게 세계사에 크게 떨칠 정도는 아냐. 이를 테면 질 드 레 너와 비슷한 경우지."

그 말에 질 드 레는 곰곰이 생각하다가 얼굴을 일그러뜨렸다.

"악명입니까?"

"유명한 호러 소설의 주인공으로 차용되어서 뒤늦게 대중에 널리 알려진 경우지."

그랬다.

왈라키아 공국의 왕, 블라드 3세 드라쿨레아.

그는 브람 스토커의 소설 드라큘라의 주인공으로 차용된 실존 인물이었다.

드라큘라가 실존 인물이었다는 게 알려지기 전까지는 세계사에 인지도가 있는 인물이 전혀 아니었지만, 루마니아에서는 나라를 지키기 위해 싸운 영웅으로 받들어지고 있다.

"확실히 그 시기는 오스만 제국의 팽창기였으니까 거기에 저항하여 전쟁사에 이름을 남긴 인물이 꽤 있지. 계약자로 삼을 만한 인재를 찾기 위해 악마군주들이 모여들었을 거야."

오스만 제국이 팽창하며 유럽 기독교 세계를 위협했던 시기였다.

수많은 군사 영웅이 출현하기도 했고, 블라드 3세 드라쿨레아도 그중 하나였다.

물론 잔혹한 처형 방식으로 인한 악명이 더 유명하지만 말이다.

그가 18위 악마군주 구소인의 계약자로 있고 심지어 다음 상대라니 흥미로웠다.

'실제 그는 어떤 인물이었을까?'

이신은 천천히 블라드 드라쿨레아에 대해 알고 있는 자식을 떠올려 보았다.

왈라키아 공국은 헝가리와 오스만 사이에 끼어 싸움에 휩쓸릴 수밖에 없는 운명이었다.

두 세력에 의하여 왈라키아 공국의 왕위가 쉴 새 없이 교체될 정도.

그의 아버지 블라드 2세 드라쿨도 그랬고, 블라드 3세 드라쿨레아는 2번이나 왕위에서 쫓겨나고 3번이나 제위에 오르는 등 파란만장한 인생을 살아야 했다.

수많은 고난을 겪으며 불행한 인생을 살면서도 끝까지 투쟁한 인물인 것이다.

잔혹한 처형 방식과 극단적인 공포 정치 등 결국 그를 몰락하게 만든 단점도 있지만, 결코 우습게 봐서는 안 되는 인물임은 당연한 일이었다.

"그런 자였군요. 서열전을 해본 적은 있지만 그의 살아생전 이야기는 오늘 처음 듣습니다."

질 드 레가 말했다.

블라드 드라쿨레아에 대한 이야기를 듣고도 질 드 레는 딱히 놀랄 것 없이 무덤덤했다.

사실 질 드 레도 무려 성녀 잔 다르크와 함께 백 년 전쟁을 승리로 이끈 영웅 출신!

한때 프랑스 제일의 대귀족이기도 했던 질 드 레로서는 딱히 블라드 드라쿨레아의 일생에 대해 어떤 감탄을 할 일은 없는 것이었다.

'그러고 보면 이쪽도 호러의 주인공이로군.'

장화 신은 고양이로 유명한 프랑스 작가 샤를 페로의 동화 '푸른 수염'에 의처증에 빠져 아내를 살해하는 귀족 푸른 수염이 등장하는데, 그 모티브로 질 드 레가 꼽히고 있다.

때문에 마르몽이 평소에 질 드 레를 푸른 수염이라 부르며 놀리곤 했다.

"졌나?"

"예, 졌지요."

질 드 레는 불쾌한 표정으로 말을 이었다.

"지금도 그때의 서열전을 생각하면 제 자신이 얼마나 멍청했는지 느끼곤 합니다."

지금은 이신의 가르침을 받아 실력이 크게 성장한 상태.

계약자였던 과거를 돌이켜 보면 프로게이머가 초보 시절을 떠올리는 것과 같은 기분이리라.

"그자에 대해 자세히 들어보고 싶군."

"예, 염려 마십시오."

질 드 레는 블라드 드라쿨레아와 서열전을 펼쳤을 적의 상황을 아는 대로 설명해 주었다.

*　　　*　　　*

블라드 3세 드라쿨레아.

드라쿨은 용을 뜻했다.

즉, 드라쿨레아는 용의 아들을 의미했다.

그의 아버지 블라드 2세 드라쿨은 헝가리로부터 용의 기사 작위를 받았고, 이를 자랑스러워하여 용 문양을 동전에 새겨 발행하기도 했다.

용의 기사단은 오스만의 세력 팽창으로부터 기독교 세계를 수호할 목적으로 창설된 기사단.

하지만 용의 기사 작위의 취지와 달리, 블라드 2세 드라쿨은 왈라키아 공국의 평화를 위해서는 오스만과 우호적인 관계를 유지해야 한다고 생각했다.

따라서 집권 초기와 달리 점차 오스만의 편에 서서 싸우는 정치 노선을 택해 헝가리를 분노케 했다. 백성들로부터는 유능한 군주로 지지받았지만 말이다.

결국 친헝가리 귀족 세력에 의해 왕위에서 쫓겨난 블라드 2세 드라쿨.

하지만 1442년, 오스만의 군사적 지원을 받아 다시 돌아왔고, 왕위를 되찾았다.

그 과정에서 셋째 아들이었던 블라드는 동생 라두와 함께 볼모로 잡혀 오스만 제국 왕궁에서 생활해야 했다.

블라드의 볼모 생활은 불행의 시작이었다.

야사에 의하면 훗날 위대한 술탄이 되는 오스만 제국의 메메드 2세는 양성애자로 어린 시절부터 블라드를 성추행하고 괴롭혔다고 전해진다.

진실이 무엇이든 불행한 볼모 생활을 보낸 것은 분명하며, 그 어린 시절이 블라드로 하여금 오스만에 대한 분노를 불태우게 된 계기가 되었다.

앞서 말했듯 볼모 생활은 그의 불운한 인생의 시작에 불과했다.

1447년, 아버지와 형이 암살당하고 블라디슬라브 2세가 왕위에 등극했다.

오스만도 친헝가리 성향의 블라디슬라브 2세를 가만 놔둘 수 없었다.

이에 따라 1448년, 오스만은 블라드를 지원하여 블라디슬라브 2세를 몰아내고 왈라키아 공국의 왕위에 앉혔다.

그것이 블라드 3세 드라쿨레아의 첫 제위였다.

17세에 맞이한 제위는 불과 2개월 만에 끝났다.

블라디슬라브 2세가 헝가리의 지원을 받아 다시 반격해 왔던 것이다.

아무것도 할 수 없었던 블라드는 거기서 도망쳐 외삼촌 보그단 2세가 통치하는 몰도바 공국으로 피신했다.

불행은 아직 끝난 게 아니었다.

1451년, 외삼촌 보그단 2세가 암살당하자 블라드도 또다시 몰도바를 떠나 피신해야 했으니까.

'어디로 가야 하는 걸까?'

청년 블라드는 인생의 막장에 이른 듯한 절망감을 느꼈다.

왈라키아 공국은 아버지와 형을 죽인 원수들이 지배하고 있었고, 헝가리는 그 원수들의 배후였다.

몰도바도 외삼촌이 암살되어서 그의 보호를 받던 자신 역시 안전하지 못하게 되었다.

오스만?

자신을 지원해 왕위에 올려주었고 동생 라두도 거기에 남아 있었지만, 블라드는 오스만을 떠올리면 그저 분노로 치가 떨렸다.

'지옥에 갈지언정 거기는 안 간다!'

하지만 갈 곳을 잃은 것도 사실.

그저 막막하기만 한 블라드는 그저 신에게 길을 묻는 수밖에 없었다.

그런데 그때였다.

―길을 잃은 어린 양이 있구나.

"누, 누구?!"

블라드는 깜짝 놀라 주위를 둘러보았다.

사방에서 울려 퍼지는 듯한 그 음성은 결코 사람의 것이라 여기기 어려웠다.

―위다, 어린 양이여.

그 말에 블라드는 위를 올려다보았다.

연보라색의 긴 로브를 몸에 두른 멋진 남성이 공중에 떠 있었다.

공중에 떠 있는 것도 기이한 데다가, 그 남성에게서 풍기는 위압감이 피부를 찌를 정도여서 블라드는 그를 똑바로 바라볼 수조차 없었다.

"누, 누구십니까?"

―너를 길로 인도해 줄 존재이니라, 가여운 어린 양이여.

"신이시여, 당신이십니까?"

블라드는 감격에 차 물었다.

그 존재는 굳이 그 말에 긍정하지 않았다.

그저 빙긋이 웃을 뿐이었다.

"주여, 제게 길을 알려주소서. 제가 어디로 가야 합니까?"

남성은 손을 뻗어 어느 방향을 가리켰다.

블라드는 그 방향을 바라보다가 깨달았다.

"그쪽은 트란실바니아입니다!"

—그곳에 있는 너의 원수를 찾아가라.

"트란실바니아에 있는 제 원수라면……."

그러자 한 이름이 떠올랐다.

야노슈 후냐디.

후일 기독교 세계의 방패라 불리며, 오스만의 침공을 가로막은 헝가리의 영웅으로 추앙받는 걸물이다.

지금은 트란실바니아의 총독으로 있는 헝가리 대귀족인데, 바로 아버지를 몰아낸 원수 블라디슬라브 2세의 배후 인물이었다.

오스만의 세르비아 침공을 저지시키면서 명성을 떨치고 있는 명장이기도 했다.

"말씀대로 그는 저와 원수지간으로, 그를 찾아간다 해도 받아줄 리 만무합니다."

—들어라, 어린 양이여. 난 네 원수의 뒤틀려 있는 마음을 우호적으로 바꿔줄 수 있다. 내가 그리해 준다면 너는 영원히 나를 따르겠다고 맹세하겠느냐?

블라드에게는 선택의 여지가 없었다.

눈앞의 남성을 신이라고 철석같이 믿고 있던 블라드는 대번에 고개를 끄덕였다.

—계약은 이루어졌다.

그러면서 남성은 씨익 웃었다.

—가라, 너의 원수에게로. 그는 너를 받아줄 것이며, 너에게 모든 것을 가르쳐 줄 것이다.

"예!"

남성은 사라졌고, 블라드는 헝가리로 길을 떠났다.

그러자 다시 나타난 남성은 블라드의 뒷모습을 보며 히죽거렸다.

—가여운 어린 양이로다. 하지만 그 안에 강력한 재능을 지니고 있음을 나는 알 수 있지.

그의 정체는 악마군주 구소인.

과거와 미래를 볼 수 있어 어떠한 질문이든 답해주며, 원수의 증오심을 호의로 바꿔주기도 하고, 명예와 지위를 내려주기도 하는 악마군주였다.

악마군주 구소인은 그렇게 차기 계약자를 건지는 데 성공했다.

사실 구소인은 메메드 2세도 노렸고, 야노슈 후냐디도 노렸다.

후일 위대한 정복왕이 되는 메메드 2세.

그리고 그를 가로막고 기독교 세계의 방패로 추앙받는 명장 야노슈 후냐디.

두 사람은 악마군주들이 눈독 들이는 인재였던 것이다.

하지만 두 사람은 신앙심이 투철하였고 심리적인 빈틈도 없었기 때문에 뜻을 이룰 수 없었다.

블라드를 발견한 것은 행운이었다.

블라드는 상처가 많았고, 모든 것을 잃고 방황하고 있던 불운한 처지였기 때문에 파고들 수 있는 빈틈도 있었다.

—영웅의 밑에서 많은 걸 배우고 크게 성장해라, 나의 계약자여. 때가 되면 내가 널 데리러 갈지니…….

그리하여 블라드 3세 드라쿨레아는 헝가리의 야노슈 후냐디를 찾아갔다.

처음에는 그를 받아주려 하지 않았던 야노슈 후냐디였지만, 이내 블라드의 마음속 깊이 새겨져 있던 오스만에 대한 증오심을 알아보았다.

그의 아버지 블라드 2세 드라쿨을 미루어 보아 자질도 있을 터.

야노슈 후냐디는 오스만을 저지한다는 공동의 목표를 갖고 블라드를 받아주었다.

그의 밑에서 전략, 전술을 배우며 블라드는 와신상담했다.

블라드가 증오를 품는 가장 큰 원수는 다른 누구도 아닌 오스만이었다.

1456년, 블라드에게 기회가 찾아왔다.

야노슈 후냐디가 왈라키아 공국의 왕으로 세워준 블라디슬라브 2세가 이내 헝가리를 배신하고 오스만 측으로 돌아선 것.

이에 따라 블라드에게 배신자를 처단하고 왈라키아를 장악하라는 명이 떨어졌다.

블라드는 단 100명의 군대로 왕궁을 점령하고 블라디슬라브 2세를 처형, 멋지게 명을 완수하고 왈라키아를 장악했다.

그것이 그의 2번째 제위였다.

이어진 그의 삶 또한 처절한 고난과 활약의 연속이었다.

아버지와 형을 살해한 귀족들, 그리고 왈라키아에서 폭리를 취하며 민생을 어지럽힌 작센 상인들을 처형하면서 그는 불운한 어린 시절이 낳은 폭력적인 성향을 드러냈다.

그러한 공포정치는 혼란에 빠진 왈라키아 공국을 빠르게 재정비시켰지만, 또한 수많은 적과 악명을 낳았다.

특히나 더 이상 폭리를 취할 수 없게 된 상인들은 독일로 돌아가 그에 대한 안 좋은 소문을 퍼뜨렸다. 그의 잔혹성이 악소문과 결합하여서 괴담이 만들어졌고, 이는 훗날 소설 드라큘라의 탄생으로 이어진다.

어쨌든 그는 오스만의 침략에 대해서도 용감하게 싸워 어린 시절의 분풀이를 하지만, 결국 오스만의 강대한 힘에 밀려 왕위에서 다시 쫓겨났다.

그리고 헝가리의 지원을 얻어내 다시 한 번 제위에 오르지만, 그의 공포 정치 및 보복을 두려워한 귀족들에 의해 암살당하면서 수난이 가득했던 인생을 결말지었다.

블라드가 야노슈 후냐디의 도움을 받아 2번째로 즉위했을 때, 오스만 제국이 사신을 보냈다.

약속했던 연공을 바치라는 요구였다.

그의 아버지가 블라드와 동생 라두를 볼모로 바치면서 오스만의 도움을 얻었을 때 약속했던 것 말이다.

블라드는 찾아온 오스만 사신을 죽임으로써 답했다.

메메드 2세에게 도전장을 던진 것.

메메드 2세.

오스만의 전성기를 연 위대한 정복왕.

어려서부터 알렉산드로스 대왕과 율리우스 카이사르에 매료되었으며, 로마 제국의 영광을 재현하고 싶어 했다.

그냥 정복자일 뿐만이 아니라 많은 연구 및 교육 기관을 설립했으며 오스만 최초로 법을 성문화시킨 군주였다.

무엇보다 그 시점에서 이미 메메드 2세는 콘스탄티노플을 함락시켜 동로마의 역사에 종지부를 찍은 상태.

그런 정복왕을 상대로 블라드는 정면 대결을 택한 것이다.

증오심이 원동력이 된 블라드의 활약은 놀라웠다.

1차 원정을 온 함자 파샤의 군대를 매복 전술로 격파, 함자 파샤를 비롯한 포로는 전부 처형시켰다.

이후 불가리아 일대를 휩쓸며 오스만 진지를 전부 파괴시켰다.

잇달아 원정이 실패하자 결국 메메드 2세가 직접 친정에 나서는 수밖에 없었다.

메메드 2세의 대군을 맞이한 블라드 드라쿨레아의 기본 전략은 왈라키아의 시조 바사라브 1세가 선보였던 청야 전술.

숲과 산지로 둘러싸인 왈라키아의 지형 특성상 적을 끌어들이고 보급을 어렵게 만드는 청야 전술이 잘 통했다.

이에 따라 블라드 드라쿨레아는 강을 둑으로 막아 범람시키고 숲을 불태워 늪지대로 만들었다.

백성들에게 모든 식량을 가지고 피신케 했고 우물에 독을 풀었다.

전염병 걸린 자를 오스만 병사로 위장시켜 침투시키는 세균전까지 펼쳤다.

그러면서 본인은 소수의 군대를 거느리고 적의 뒤를 쫓으며 낙오병을 사살해 나갔다.

붙잡힌 적병은 어김없이 그의 잔학한 처형 방식대로 죽임을 당해 길거리에 걸렸다.

'이제 마무리다.'

블라드는 자신의 손으로 직접 메메드 2세를 죽여 싸움을 끝내기로 결심했다.

그날 밤, 블라드는 기병대를 이끌고 오스만의 진지를 쳐들어갔다.

청야 전술에 시달려 지친오스만군은 야습을 막지 못했다.

블라드는 직접 술탄의 막사를 쳐들어가 그 안에 있던 인물을 살육했다.

하지만…….

'빌어먹을!'

그 막사의 주인은 오스만의 한 장군이었다.

메메드 2세가 아니라는 것을 블라드는 한눈에 알아보았다.

'신이시여, 이것도 당신의 뜻이란 말입니까?'

절호의 기회를 놓친 블라드는 피눈물을 머금고 철수했다.

결국 역사의 대세는 거스르지 못했다.

아녀자까지 긁어모아도 3만이 안 되는 왈라키아 공국은 술탄의 친정에 기본으로 10만을 동원하는 오스만을 당해낼 수 없었다.

하지만 이미 공포에 질려 있던 메메드 2세는 왈라키아 공국의 수도를 점령했음에도 퇴각을 결심했다.

오스만으로 전향한 동생 라두가 메메드 2세의 지원을 받고 왈라키아를 장악하자, 블라드의 공포 정치에 질려 있던 귀족들도 봉기를 일으켜 합세했다.

그렇게 블라드는 2번째로 왕위에서 쫓겨났다.

후일 헝가리의 도움을 받고서 다시 한 번 왈라키아 공국의 제위에 오르는 블라드 드라쿨레아였지만, 잔혹한 보복을 두려워한 귀족들의 선제공격으로 암살당했다.

결국 적을 포용하는 유연함이 없이 그저 극단적인 폭력으로 점철된 그의 통치 방식은 명확한 한계를 맞이했다.

*　　*　　*

“기본적으로 그는 방어에 특화된 계약자였습니다.”

“그렇겠지.”

질 드 레는 괴물.

블라드 드라쿨레아는 드워프.

종족 특성만 봐도 누가 공격적이고 누가 수비적이어야 하는지 답이 나온다.

오스만의 침략에 맞서 싸운 살아생전의 활약으로 보아도, 방어에 특화된 쪽으로 고유 능력이 생겼을지도 모른다.

'아니면 그 잔인한 처형 방식이 능력으로 화하였을지도 모르고.'

물론 소설 드라큘라처럼 뱀파이어는 아니니 흡혈 능력 따위가 생길 리는 만무하지만 말이다.

"정확한 능력이 무엇이지?"

"그의 건물 주변에 접근하면 이동 속도가 감소합니다."

"건물 주변? 범위가 어느 정도이지?"

"제 기억으로 독포자꽃의 포자가 미치는 범위 정도였습니다."

독포자꽃의 사거리와 같다는 뜻이었다.

석궁병의 석궁 사거리도 비슷하니, 그 정도라고 보면 된다.

'건축물로 심시티를 치고 대포로 포격전을 벌이겠군.'

잠시 생각하다가 이신은 또다시 물었다.

"공중도 적용되나?"

"마찬가지로 그의 건축물에 가까이 활강하면 영향이 미치지만, 그보다 높게 날면 영향이 미치지 않았습니다."

즉, 건축물을 중심으로 반구형(半球形)으로 이동속도를 감소시키는 역장이 생긴다는 뜻이었다.

이신은 대충 블라드 드라쿨레아가 어떤 식으로 전략을 펼치는지 알 수 있었다.

'전형적인 인류 대 인류전의 포격전이 되겠군.'

강력한 화력과 긴 사거리를 이용한 포격전.

전선을 구축해서 장기전을 치르는 전형적인 대결이 될 터였다.

'재미있겠군.'

마침 중국 프로리그에서도 인류 대 인류전을 치르고 온 이신이었다.

끊임없는 견제로 말려 죽이는 기존의 스타일을 버리고 포격전으로 상대를 격파했다.

그 과정에서 이신은 상대의 허실을 파악하여 전선을 무너뜨려 형세를 바꿔놓는 전략적 발상에 큰 흥미를 느낀 상태.

과연 블라드 드라쿨레아는 어떤 상대일지 궁금해졌다.

*　　　*　　　*

—나의 어린 양아.

"그렇게 부르지 말라고 경고했다."

블라드가 음산한 어조로 쏘아붙이자 악마군주 구소인은 클클 웃었다.

이제는 그가 자신이 찾던 신이 아닌 악마군주임을 아는 블라드였다.

그를 신으로 받들며 살았다.

기독교 세계의 수호를 위하여 이교도 침략 저지에 분골쇄신하였다.

그런데 그 대가로 블라드는 천국에 가지 못했다.

도착한 곳은 마계.

자신은 마귀들의 왕인 악마군주 구소인의 계약자가 되었다.

그제야 비로소 자신이 악마에게 속았음을 깨달았고 항변했지만, 이미 치러진 계약은 돌이킬 수 없었다.

—내 계약자가 되지 않았다면 넌 지금쯤 지옥에 있었을 것이다. 사람 목숨 귀한 줄 모르고 닥치는 대로 꼬챙이에 꿰어 죽인 블라드여.

블라드 체페쉬, 가시공 블라드.

체페쉬란 루마니아어로 꼬챙이나 가시 등의 뾰족한 것을 뜻했다.

즉, '블라드 체페쉬'는 그의 잔학한 처형 방식이 반영된 유명한 별칭이었던 것.

참고로 오스만에 투신한 그의 동생 라두는 '미남공'이라 불렸는데, 이는 그의 동성애적 성향을 비꼬는 의미가 함축된 별명이었다.

—그 같은 일들이 내가 시켜서 한 일이라고 말할 텐가? 어린 시절부터 품은 분노가 폭력적으로 발현한 분풀이라고 보이는데 말이야.

"그 길로 인도한 것은 네놈이다!"

—오, 미안하군. 길거리에서 죽게 내버려 두지 않아서 말이

야. 아쉽겠구먼, 2개월 만에 왕위에서 쫓겨나 떠돌다가 객사한 불쌍한 인물로 남겨질 수 있었는데. 그랬으면 역사에 자기 이름 한 줄이나 간신히 남겼을 테지.

블라드는 이를 악물었다.

그 역시 살아생전의 자신의 한계를 잘 알고 있었다.

그놈의 썩어빠진 귀족 세력은 끝까지 그의 발목을 잡았다.

메메드 2세가 침략했을 때는 거기에 호응하여 자신을 내쫓는 데 일조했고, 다시 제위에 오르자 잔혹한 복수를 당할 걸 두려워하여 선수 쳐서 암살했다.

왈라키아의 경제를 어지럽혔던 작센 상인들도 마찬가지.

블라드의 강력한 응징에 질려 내쫓겼지만, 그들은 헝가리와도 깊은 연관이 있었다.

블라드가 2번째로 제위에서 쫓겨나 도움을 청하러 찾아왔을 때, 헝가리는 도리어 작센 상인을 마구 처형하고 추방시킨 죄목으로 그를 투옥시켰다.

12년이나 헝가리에서 볼모 생활을 해야 했던 블라드는 본래 정교회 신자였으나, 기독교로 개종하고 헝가리 왕의 사촌 누이와 결혼하고서야 다시 기회를 얻을 수 있었다.

그렇듯 고비의 순간마다 계속 발목이 잡힌 데는 적을 만든 그의 공포 정치가 큰 역할을 했다.

그러한 역경 속에서도 끊임없이 투쟁한 정신력 또한 대단한 것이었지만 말이다.

—뭐, 이미 지난 과거야 아무래도 좋다. 이제는 피차 과거보

다 눈앞에 닥친 현실이 더 중요하지.

그제야 블라드도 분노를 가라앉혔다.

"악마군주 그레모리와 그녀의 계약자인가."

—그렇다. 그 피로스조차 상대가 되지 않았다고 하더군.

"으음, 피로스마저……."

블라드는 나직이 신음했다.

피로스는 블라드가 이 주변 서열에서 가장 두려워하던 계약자였다.

신출귀몰한 전술로 자신의 방어선을 교란시키던 솜씨는 두려울 정도.

다행히 철저한 방어와 장기전에서 힘을 발휘하는 대포의 화력에 힘입어 물리치긴 했어도, 근래에 상대한 가장 강력한 상대임은 틀림없었다.

그랬던 그가 상대도 되지 못하고 패배했다니 믿겨지지가 않았다.

—입수한 정보에 따르면, 피로스는 자신이 가장 자신 있어 하는 방식으로 패배했다고 하는군.

"……."

—보아하니 우리도 무릎 꿇고 서열을 내주는 건 기정사실화된 모양이야. 그레모리가 10위에 도달하기까지는 순식간일 거라고들 하는군.

"그 정도의 상대라면 나도 자신이 없군."

—블라드 드라쿨레아. 그렇게 깨끗이 인정할 정도로 네 사정

이 좋은 건 아닐 텐데?

"……"

―완승을 거두라고까지는 못하겠군. 상대는 마신께서도 인정한 실력자이니까. 하지만 적어도 납득할 만한 싸움을 보여주지 못하거든, 자네는 원래 가야 할 곳으로 가게 될 거야.

"…좋다."

블라드는 악마군주 구소인의 협박이 불쾌했지만 수긍했다. 최근 자신의 전적이 별로 좋지 않다는 것은 스스로가 잘 알고 있었기 때문이다.

'그래도 이번 상대는 휴먼이다. 상대가 휴먼이라면 내가 유리한 면이 많다.'

드워프의 대포는 휴먼의 투석기보다 우월한 면이 많다.

그 화력 우위를 잘 활용한다면 어쩌면 이길 수 있을지도 모른다.

블라드는 최선을 다해 일전에 대비하기로 했다.

'나머지는 신의 뜻에 달렸다.'

*　　*　　*

이미 드워프와도 수차례 싸워본 이신이기에 철저히 서열전 준비를 할 수 있었다.

'피로스 때와 달리 초반에는 어찌할 수가 없을 거다.'

열기구를 타고 침투해도, 그의 본진은 건축물로 가득 차 있다. 이동속도가 느려지니 효과적인 게릴라가 되지 못한다.

그런 면에서 블라드는 상대가 누구든 장기전을 요구하는 까다로운 상대였다.

능력상 피로스와 상극이라고 해야 할까?

하지만 이신은 장기전이 두렵지 않았고, 대포의 화력으로 무장한 드워프의 전선을 무너뜨리는 방법도 잘 알고 있었다.

모든 준비가 끝나자 그레모리와 함께 이동했다.

'갈 길이 멀다.'

이제 겨우 18위.

개인리그로 따지면 아직 16강에도 못 든 셈이다.

하지만 그만큼 넘어야 할 산이 많다는 것은 이신을 내심 즐겁게 하고 있었다.

제9장

화력

블라드 드라큘레아를 처음 봤을 때 이신은 그의 인상에서 느껴지는 섬뜩한 분위기에 놀랐다.

소설 드라큘라의 주인공이라는 편견 때문이 아니었다.

그렇다고 수많은 학살을 자행한 잔인한 인물이기 때문도 아니었다. 전쟁 영웅도, 잔인한 인물도 마계에서 얼마든지 만나본 이신이었다.

그런 섬뜩한 분위기가 귀기 어린 눈빛에서 나오고 있다는 것을 이신을 알아차렸다.

'맺힌 게 많아서인가?'

원한, 증오.

이를 원동력으로 살아온 블라드 드라큘레아이기에 그런 남

다른 분위기를 내는 것이리라 싶었다.

'그러고 보면 오자서도 비슷한 경우였지.'

오자서를 적으로 만났다면 저러했을까 싶기도 했다.

"반갑소, 발라히아의 블라드 드라쿨레아요."

블라드는 눈빛과 달리 신사적인 태도로 인사를 건넸다. 이신도 이에 알맞게 화답했다.

"반갑습니다. 이신입니다."

상대가 도발적이면 똑같이 도발적으로, 신사적이면 똑같이 공손하게 인사하는 이신이었다.

"동양의 방식이면 성이 이고 이름이 신이던가?"

"예."

"출신은 어디요?"

"한국입니다."

블라드는 한국을 몰랐지만 대충 마계에서 만난 인물들에 의해 현실 세계에 대한 이야기를 많은 들은 모양이었다.

"듣자 하니 내가 공포 소설의 주인공이 되었다지? 당신도 봤소?"

"영화로 본 적 있습니다."

"영화라. 그런 게 있다고 들은 것 같군. 연극을 기계장치로 볼 수 있다지?"

"예."

"재미있겠군."

의외로 블라드는 자신이 소설 속의 괴물 주인공이 된 것에 대해 별달리 기분 나빠하지 않았다.

잡담을 조금 나눠보니 브람 스토커를 만나고 싶어서 지옥을 뒤져봤는데 없었더라는 아쉬움을 토로하기도 했다.

"만날 수 있었으면 곁에 두고 술친구로 삼았을 텐데 불행인지 다행인지 지옥에 올 만한 일을 하지 않았던 모양이더군."

여러 가지 이야기를 하던 블라드는 문득 질문을 던졌다.

"나에 대해 궁금한 점은 없소?"

"당장 떠오르는 건 없습니다."

"그렇군. 나는 그대에 대해 궁금한 게 참 많은데 말이오."

블라드가 슬며시 본색을 드러냈다.

이신도 짐작했다.

신사적이었으나 본래 말수가 많은 인물로 보이지는 않았기 때문이다.

이신이 어떤 인물인지 알고 싶어서 대화를 시작한 것.

"그대는 군인이오?"

"예."

"어떤 병과요?"

"공군입니다."

"오, 요즘에는 전투기를 타고 하늘을 날며 싸운다지?"

"전투기를 타지는 않습니다."

"계약자로 선택받았다면 무언가 특출한 활약상이 있었을 텐데?"

"……."

"물론 나처럼 딱히 활약을 하지 않았어도 자질만 보고 선택되는 경우도 있지만, 그런 경우는 좀 더 지켜보면서 성장하여 본신의 기량을 떨칠 때까지 기다리지. 그리고 이제 충분하다 싶으면 마계로 데려오는 거요."

블라드는 약간 떨어져 있는 악마군주 구소인을 노려보며 말을 이었다.

"내가 위기에 빠졌다는 걸 굳이 경고하지 않았지. 망할 악마 놈."

이신은 블라드가 악마군주 구소인과 사이가 안 좋다는 걸 깨달았다.

'그런 경우도 흔하지.'

계약자들 중 악마군주에게 속아서 계약한 경우도 적지 않았으니 말이다.

이신은 오늘날의 전쟁은 과거와 달리 복잡하다고 대충 얼버무렸다. 굳이 게임에 대해 말하고 싶지는 않았던 것이다.

—인사가 좀 긴데. 준비가 되었다면 슬슬 서열전을 진행해 보도록 하지?

악마군주 구소인의 목소리가 들렸다.

"그럼."

"예."

그렇게 그들은 서열전을 진행시켰다.

구소인과 블라드는 제7전장 오린을 골랐다.

3인용 전장.

낮은 산 모양의 지형으로, 산꼭대기에 해당하는 중앙을 향해 완만한 경사로 솟아 있는 모양을 띠고 있었다.

즉, 먼저 중앙 지역을 점령하는 쪽이 보다 높은 지형에서 적을 내려다보며 싸울 수 있는 것이다.

'중앙에 대한 주도권을 쥘 수 있다고 판단한 모양이군.'

확실히 드워프의 대포와 휴먼의 투석기를 비교해 보면 블라드의 생각을 알 수 있었다.

서열전의 시스템 상 대포와 투석기는 사거리가 비슷하다.

위력은 대포가 더 강하나, 연사 속도는 투석기가 더 빨라서 균형이 맞아떨어진다.

무엇보다도 중요한 것은 이동성의 차이.

장거리를 이동할 때는 투석기가 빠르지만, 근거리를 움직일 때는 대포가 빠르다.

투석기는 한 발짝이라도 이동하려면 분해와 재조립 과정을 반복해야 하지만, 대포는 그럴 필요가 없는 것.

'화력을 겨루는 단순 포격전이 된다면 드워프가 유리하겠지.'

대포는 한 발짝씩 사거리 안에 접근하여서 포격 싸움을 걸 수 있었다.

하지만 분해·재조립을 해야 하는 투석기는 번거로워서 그러지 못한다.

필시 포격전에서 싸움을 먼저 걸 수 있는 주도권은 블라드에게 있는 것.

그러니 먼저 중앙을 장악할 수 있다는 자신감도 있을 터였다.
이신은 그 약점을 보완해야 하는 과제가 있었다.
—그리고 마력은 물론 5만이다.
악마군주 구소인이 마력도 베팅했다.
"좋다."
그레모리도 당연하다는 듯이 동의했다.

[악마군주 그레모리님과 악마군주 구소인님의 서열전입니다. 전쟁의 승패가 서열과 마력에 영향을 줍니다. 마력은 10만이 베팅됩니다.]
[마력 10만이 마력석이 되어 전장에 유포됩니다.]
[종족을 선택해 주십시오.]

"드워프."
"휴먼."
서로 종족을 말하면서, 블라드는 이신에게 씨익 웃으며 살짝 고개를 끄덕여 인사하는 신사적인 모습을 보였다. 하지만 이신은 그가 그렇게 자상한 남자가 아님을 알고 있었다.
악마적인 투쟁심으로 오스만 제국군을 공포에 떨게 만든 남자였다.
이신은 치열한 싸움을 각오했다.

[서열전이 시작됩니다.]

[악마군주 그레모리님의 계약자 이신님과 악마군주 구소인님의 계약자 블라드 드라쿨레아님께서 참전합니다.]

'최대한 빠르게 테크 트리를 올린다.'

이신은 궁병 하나 뽑지 않고 빠른 속도로 건물을 순서대로 지어 올리며 테크 트리를 진행시켰다.

초반에는 전투가 없을 거라고 확신했기 때문이다.

블라드도 노리고 있는 것은 명백하게 대포를 활용한 화력전.

대포가 나오기 전에 공격을 시도해서 실패하면 크건 작건 손해가 발생한다. 블라드로서는 그런 리스크를 감수하려 들지는 않을 터였다.

그래도 혹시나 하는 위험이 있으니 이신은 콜럼버스의 정찰 능력을 최대한 활용해 경계를 했다.

'본진에 들어갔다 나와라.'

"옛!"

아직 블라드는 자신의 고유 능력을 발동하지 않았다.

건축물 근처의 모든 적의 이동속도를 줄이는 고유 능력!

그게 발동되면 콜럼버스의 이동속도도 느려지기 때문에 정찰이 불가능해진다.

그전에 어서 블라드의 테크 트리를 확인하려는 이신이었다.

콜럼버스는 마비침을 이용하여서 드워프 광부의 블로킹을 제치고 본진 안에 침투했다.

예상대로 블라드도 테크 트리를 진행시키고 있었다.

병력이라고는 막 드워프 총수 1명이 소환된 상태.

드워프 총수가 콜럼버스를 향해 총을 겨누자, 콜럼버스는 냉큼 블링크를 써서 탈출했다.

'역시 대포를 우선적으로 소환하는군.'

이로서 이신의 작은 모험은 성공했다.

드워프 총수 1명을 소환해 안전하게 최소한의 방비를 해둔 블라드.

그에 비해 이신은 궁병 하나 소환하지 않았다.

즉, 블라드의 대포보다 이신의 투석기가 한발 빠르게 나타나는 것이다.

'한발 먼저 고지를 선점한다!'

그랬다.

포격전에서는 먼저 유리한 자리를 선점하는 쪽의 우세.

이신은 최단 기간에 투석기를 제작 완료시키는 최적의 빌드 오더를 미리 준비해 둔 상태.

그 빌드 오더에 따라 투석기가 발 빠르게 완료되었다.

'마르몽, 중앙 지역을 선점해라.'

"예, 주군!"

첫 투석기를 끌고 나서는 공병은 다름 아닌 그의 사도 오귀스트 마르몽.

명중률 100%를 자랑하니 고지(高地)인 중앙 지역에 자리 잡으면 큰 위력을 발휘할 터였다.

마르몽은 투석기를 끌고 제7전장 오린의 가장 높은 곳인 중앙 지역에 도달했다.

주위를 살펴본 마르몽은 정중앙 꼭대기에서 약간 아래쪽에 자리 잡았다.

블라드의 병력이 이신의 진영으로 향하려면 지나쳐야 하는 길이 투석기 사거리에 걸쳐지는 최적의 위치였다.

'과연 마르몽이군.'

일일이 지정해 주지 않아도 알아서 좋은 위치를 잡는 사도 마르몽의 능력에 기분이 좋아진 이신이었다.

블라드는 상대적으로 진출이 늦었다.

대포 1기뿐만이 아니라, 대포를 호위해 줄 드워프 총수 2명과 도워프 도끼병 1명까지 갖춘 뒤에야 진출을 시도한 것이다.

당연히 진출했을 때, 이미 먼저 중앙 지역을 장악하고 있는 이신의 투석기를 발견할 수 있었다.

이신은 달랑 투석기 1기만 완성되자마자 재빨리 내보내는 과감한 움직임을 보였으니 말이다.

블라드는 짐짓 망설였다.

투석기 1기밖에 없으니 밀어붙이면 중앙 지역을 탈환할 수도 있다고 생각한 듯했다.

드워프 도끼병 1명과 드워프 총수 2명을 방패막이로 돌격시키고 대포로 쏴서 격파할 수 있는 견적이었다.

하지만 블라드는 신중했다.

그리고 그것이 옳았다.

중앙 지역 너머에서 궁병 2명이 아슬아슬한 타이밍에 합류했으니까.

블라드가 공격을 시도했다면, 절묘한 타이밍에 합세한 궁병의 반격을 받아 낭패를 입었을 터였다.

더군다나 아직 마비침이 남아 있는 콜럼버스도 그곳에 있었다.

이신은 빌드 오더를 구상할 때 이러한 점까지 모두 고려하여서 치밀하게 짰다.

그런 허점을 노출할 리가 없었다.

그렇게 좋은 위치를 선점한 이신은 앞마당에 마력석 채집장을 늘려 짓고 투석기 추가 제작에 들어갔다.

이제부터는 화력 싸움이었다.

이신은 투석기를, 블라드는 대포의 숫자를 늘려 화력을 높여야 했다.

2기, 3기, 4기…….

서로 투석기와 대포의 배치가 늘어나면서 서서히 전선이 구축되었다.

산꼭대기에 해당하는 중앙에 투석기 2기.

우회할 수 있는 기슭 쪽 루트에 2기.

중앙을 장악한 덕에 보다 우세하게 전선을 짤 수 있는 이신.

그러자 블라드는 대포를 드문드문 배치하면서 전선을 길고 넓게 짜는 과감함을 보였다.

그렇게 되면 전선이 보다 많은 지역을 커버할 수 있게 되지만, 그만큼 병력이 분산되어서 각개격파의 위험이 생긴다.

하지만 이신은 블라드의 자신감을 느꼈다.

분해·재조립의 번거로운 과정이 들어가는 투석기를 가진 이신으로서는 먼저 선제공격을 하기 부담스러울 거라고 판단한 듯했다.

'옳은 판단이었다.'

전선 구축을 통해 양측이 장악한 영역을 비율로 따져보면 5 대 5.

중앙을 차지하여 앞서나갔으나, 블라드의 과감한 대포 배치로 인해 결과적으로 서로 비슷해진 것이다.

대포가 계속 추가 소환되면서, 다소 허술했던 블라드의 전선의 빈틈이 점점 채워졌다.

이신도 점점 전력을 중앙에 집중하여서 언제든 중앙 돌파를 꾀할 수 있음을 블라드에게 보여주며 압박을 가했다.

하지만 이런 경우, 먼저 공격을 시도한 쪽이 불리한 전투를 치르게 된다.

일단 첫 포격에 일방적으로 얻어맞고 전투를 시작해야 하니 말이다.

'지금부터군.'

예상했던 수순대로 판이 짜이자, 이신은 슬슬 새로운 카드를 꺼내 들었다.

싸움은 이제부터였다.

투석기를 최대한 빨리 제작해 먼저 중앙 지역에 자리를 잡아버린다.

투석기를 보호해 줄 궁병은 나중에 합류시킨다.

과감함.

발 빠른 움직임.

안전하게 움직였던 블라드는 그런 이신에게 한 방 먹었지만, 한 수 배웠다는 감탄이 먼저 나왔다.

'과연, 명성이 거짓이 아니로군.'

블라드는 살아생전에 메메드 2세나 야노슈 후냐디 같은 영웅을 많이 보았다.

이신에게는 그런 영웅적인 풍모는 찾아볼 수 없었다.

도저히 전장에서 활약을 떨칠 명장으로 보이지 않았다.

하지만 블라드는 방심하지 않았고, 이제는 이신을 인정했다.

이신은 소문대로 비범한 인물이었다.

투석기가 생각보다 훨씬 빨리 나와서 아연실색했을 정도.

'1초의 시간도 1의 마력도 아끼고 아껴서 시간을 단축시킨 것일 테지.'

그 정도의 최적화를 하려면 상당한 노력이 필요했을 터다.

그런 점은 본받아야겠다고 블라드는 생각했다.

어쨌든 중앙 지역은 빼앗겼지만 상황은 나쁘지 않았다.

블라드의 전선이 한발 먼저 6시를 향해 뻗어나갔기 때문이다.

블라드의 진영은 2시.

이신의 진영은 10시였는데, 또 다른 시작 지점인 6시를 향해 블라드가 먼저 뻗어나가기 시작했다는 것은 희소식이었다.

시작 지점은 다른 곳보다 마력 매장량이 풍부했다.

이 같은 3인용 전장에서는 다른 시작 지점을 누가 차지하느냐의 싸움이 된다.

블라드는 과감하게 대포를 분산 배치시켜서 전선을 넓게 뻗쳤는데, 그게 화력이 분산되어서 이신이 먼저 공격을 해오지는 못할 거라고 판단했기 때문이었다.

그 판단은 유효했다.

6시에 한발 먼저 접근했고, 이신도 투석기를 전진 배치시켜서 블라드가 6시를 차지하는 행보를 견제했다.

바둑을 두듯이 양측의 전선이 서서히 전장을 양분했다.

빈틈없이 전선이 채워졌을 즈음, 양측은 서서히 6시에 대한 야욕을 드러내기 시작했다.

먼저 움직인 쪽은 블라드 드라쿨레아.

대포들이 이신의 전선에 접근하면서 포격전을 걸었다.

투우웅!

퍼퍼펑!

투석기가 먼저 바위를 쏴서 대포 1기를 파괴시켰다.

이어서 대포들도 불을 뿜어서 맞대응했다.

투석기와 대포가 서로 얻어맞으며 박살 나기 시작했다.

먼저 한 대 맞고 시작한 블라드의 피해가 더 컸지만, 숫자는 중요한 게 아니었다.

6시를 완전히 커버할 수 있는 전선!

6시를 견제하는 투석기들이 모두 박살 나자, 블라드는 재빨리 대포들을 추가로 투입해 그곳에 새로운 전선을 짰다.
전체적으로 블라드의 전선은 C자 형태.
중앙 지역을 빼앗겨서 물러나 있지만, 아래로 전선을 확장해서 6시를 차지하게 되었다는 게 컸다.
'됐다!'
6시에 전력을 투입한 보람이 있자 블라드는 크게 기뻐했다.
재빨리 6시 지역에 새로운 마력석 채집장을 구축하기 시작했다. 이제 장기전에서 마력 우위를 확보한 셈이었다.
다만 이상한 점은 이신의 미적지근한 반응이었다.
'전력을 더 투입해서 싸움을 키우지 않았다. 왜지?'
이신도 6시를 내주지 않기 위해 추가로 파병할 수도 있었다.
그랬으면 지금도 계속 서로 유혈을 흘리며 격전을 치르고 있었을 터였다.
그런데 반응이 없다.
블라드가 6시를 커버하는 전선을 구축하고 마력석 채집장을 펼치게 가만 놔두었다.
그 이유는 곧 드러났다.
이신이 차지하고 있는 중앙 지역에서 휴먼의 대병력이 모습을 드러낸 것이다.
투석기 다수.
기사 10기.
석궁병 다수.
어마어마한 병력에 블라드는 흠칫했다.

저 정도 규모의 병력이 한곳에 집중되어 있다는 것은 의도가 아주 뻔했다.

'돌파인가?'

이신은 승부를 낼 참이었다.

블라드가 6시에 마력석 채집장을 구축하느라 돈을 쓴 틈을 타서 말이다.

'6시를 커버하느라 전선을 넓게 펼쳐서 병력이 분산되어 있는데. 이걸 노렸구나.'

처음부터 이때쯤 승부를 볼 심산이었다면 완벽한 타이밍이었다. 역시나 상당히 탁월한 운영이라고 블라드는 상대에게 찬사를 보냈다.

하지만…….

'이렇게 빨리 기회가 올 줄이야!'

블라드도 아직 꺼내 들지 않은 한 수가 있었다.

중앙을 빼앗겼을 때, 결국 먼저 공격받는 쪽은 자신이 될 거라고 짐작은 했다.

단숨에 전력을 집중시켜 한곳을 칠 수 있는 여건은 중앙 지역에 대한 주도권을 쥐고 있는 이신 측이기 때문이다.

거기에 대비한 시나리오가 블라드에게는 있었다.

'옛날 생각이 나는군.'

블라드는 히죽 웃었다.

메메드 2세가 13만 대군을 끌고 왈라키아를 침략했던 때를 떠올렸다.

그때도 블라드는 그 대군을 깊숙이 끌어들여서 청야 전술로 괴롭혔다.

수도를 빼앗겼지만 헝가리의 원군과 합세하여서 메메드 2세를 몰아내는 데 성공했었다.

그놈의 귀족 놈들이 오스만의 앞잡이가 된 동생 라두의 편에 돌아서지 않았더라면 이긴 건 블라드였을 터였다.

채 3만이 되지 않았던 왈라키아 공국의 전력을 생각하면 블라드의 활약은 놀라운 것.

오스만에 대항하기 위해 블라드를 후원해 준 야노슈 후냐디의 선택이 적중했던 셈이었다.

이번에도 마찬가지였다.

블라드는 이신이 공격을 시작하면 끌어들일 셈이었다.

물론 이번에는 본진까지 빼앗길 생각은 없었다.

이건 서열전이니 말이다.

'결국 중요한 지역만 지켜낸다면 네 총공격은 설령 내 전선을 밀어낸다 해도 의미가 없어지지.'

블라드도 일전을 각오했다.

마침내 이신이 대대적인 공세를 취해왔다.

대군이 향하는 방향은 2시. 바로 블라드의 본진이었다.

상대의 본진을 쳐 없애서 확실하게 승리하겠다는 심산이 틀림없었다.

"총공격!!"

"와아아아아!"

"죽여 버려라!"
"공을 세우자!"
기사들과 석궁병들이 앞장서서 공격을 개시했다.
블라드의 전선에서도 포병들이 대포를 발사할 준비를 완료했다.
대포가 발사하는 순간, 기사들과 석궁병들이 일제히 사방으로 산개했다.
포격으로 인한 피해를 최소화하는 움직임이었다.
'훌륭하군.'
감탄이 들었지만 그뿐.
블라드는 포격 명령을 내렸다.
퍼퍼퍼퍼퍼펑!
"으아악!"
"크헉!"
대포의 일제 포격으로 인해 휴먼 측에 사상자가 속출했다.
하지만 그들은 처음부터 포격을 몸으로 받아낼 방패막이에 불과했다.
그러는 동안 가까이 접근한 투석기들이 재조립된 것이다.
그것을 보며 블라드는 고개를 끄덕였다.
'됐다. 이제 후퇴해라.'
블라드는 거기서 계속 투석기와 포격전을 할 생각이 없었다.
첫 포격으로 피해만 입힌 뒤, 잽싸게 전군을 뒤로 후퇴시키는 약삭빠른 선택을 했다.

대포들이 일제히 후퇴.

드워프 총수들이 엄호하며 기사들과 석궁병들이 접근 못 하게 막았다.

질서 정연한 후퇴는 블라드의 역량을 알려주었다.

블라드는 계속 2시 본진 쪽으로 물러났고, 이신은 계속 밀어붙였다.

그러다가 블라드의 전선이 있던 자리에 이신의 병력이 이르렀을 때였다.

'지금이군.'

블라드의 전선이 있었던 자리에는 여러 채의 건축물이 있었다.

블라드를 밀어붙이느라 바쁜 이신은 그 건축물들을 무시하고 그냥 지나쳤다.

블라드가 노리던 것도 바로 그것이었다.

[계약자 블라드 드라쿨레아님께서 고유 능력을 사용합니다. 300마력이 소모됩니다.]

[블라드 드라쿨레아님의 건물 인근 20미터 안에 있는 모든 적의 이동속도가 감소합니다.]

블라드의 고유 능력이 마침내 발동되었다.

이에 따라 이신의 병력은 이동속도가 느려져 진격 속도가 늦어졌다.

'이 틈에 방어선을 재정비한다.'

블라드는 재빨리 흩어져 있던 병력들을 집결시켜서 1시 본진 수비를 했다.

적의 속도가 느려진 틈을 타서 재빨리 재정비하는 것이 블라드의 한 수였다.

그렇게 되면 이신이 중앙 돌파를 감행한 보람이 없어지는 것이다.

탄탄한 방어선이 2시 본진을 중심으로 재구축되자 블라드는 씨익 웃었다.

'이제 2시는 절대 안 뚫린다.'

블라드의 병력은 2시 본진과 6시 확장 기지 2곳을 중심으로 양분되어 있었다.

2시와 6시 인근 지역만 지켜내면 마력 공급은 차질이 없어진다.

중요한 것은 마력이지 전선이 아닌 것이다.

이신의 진격은 목표였던 2시를 코앞에 두고 멈췄다.

'이걸 뚫을 자신은 없을 테지. 돌파하겠다고 시도한다면 나야 좋지만 그렇게 어리석지는 않을 터.'

블라드는 국면을 제대로 내다보고 있었다.

이제 블라드는 6시에서 완성된 마력석 채집장이 공급해 주는 마력을 바탕으로 병력을 더 끌어모을 것이다.

병력이 충분히 모이고 무기 개발도 이루어지면, 그때야말로 블라드의 반격이 시작될 터였다.

그런데…….

'음?'

블라드는 의아함을 느꼈다.

진격을 멈췄던 이신의 병력이 다시 대대적으로 움직이기 시작한 것이다.

'설마 공격을 시도할 참인가?'

진격 목표는 블라드의 본진이 있는 2시가 아니었다.

3시, 4시, 5시.

이신은 전장을 전체적으로 대각선으로 가로지르는 포진을 하기 시작했다.

그 포진에 방해되는 블라드의 잔존 병력은 공격을 받고 섬멸됐다.

그건 큰 피해는 아니었지만, 블라드는 이신이 형성시키는 전선의 형태를 보며 표정이 딱딱하게 굳었다.

가장 중요한 2시와 6시에 병력을 집중시켰던 블라드.

이신은 그걸 역이용하여 블라드의 전선을 양분시켜 버린 것이다.

2시와 6시가 서로 연결이 끊겨 고립되었다.

계속해서 이신은 병력을 능수능란하게 펼쳐서 전장을 장악해 나가기 시작했다.

정신을 차리고 보니 블라드는 2시와 6시가 모두 포위된 형국이 되었다.

'이게 뭐지?'

병력 숫자로 따지면 아직 서로 비슷했다.

마력 공급량은 시작 지점 3곳 중 2곳을 차지한 블라드가 약간 더 우세한 상황.

하지만 결과적으로 제7전장 오린의 전체 영토 70% 이상을 이신이 차지했고, 블라드는 나머지 30%에 갇혀 있었으며, 심지어 2곳으로 나눠진 채 서로 고립된 형태가 되었다.

'아냐, 그냥 모양새일 뿐이다. 병력도 마력 공급량도 내가 꿀릴 게 전혀 없어.'

오히려 병력이 두 곳에 집중된 자신이 더 유리한 면도 있다고 생각했다.

상대는 영역이 넓은 만큼 병력도 분산 배치되어서 한 번에 집중된 전력으로 밀어붙이면…….

'아니?'

블라드는 딱딱한 안색이 펴질 줄을 몰랐다.

이신의 전선 배치는 공간을 크게 쓰며 널찍하게 펼쳐져 있었다.

하지만 매우 치밀했다.

블라드가 2시 본진에서 병력을 끌고 나오는 순간, 네 방향에서 투석기에게 얻어맞게 되어 있었던 것.

그 때문에 블라드는 2시에서 밖으로 고개도 내밀지 못했다. 6시도 물론 마찬가지였다.

5 대 5에서 7 대 3으로 눈 깜짝할 사이에 변화해 버린 대립구도.

이신의 마법이 또다시 펼쳐진 것이었다.

마술처럼 단숨에 궁지에 몰린 블라드는 갑갑함을 느꼈다.

두 곳에 전력을 집중하면 더 효율적으로 수비가 가능할 거라고 생각했다.

그런데 이게 완전히 악수가 되어버렸다.

실리를 택했다고 생각했는데, 행동반경이 좁아진다는 건 생각보다 훨씬 갑갑한 일이었다.

[악마군주 구소인님의 계약자 블라드 드라쿨레아님께서 패배를 선언하셨습니다. 악마군주 그레모리님의 승리입니다.]

[악마군주 그레모리님께서 마력 5만을 획득하셨습니다.]

[악마군주 그레모리님의 마력 총량이 1,694,710이 되셨습니다. 서열의 변동은 없습니다.]

[악마군주 마르코시아스님의 마력 총량이 1,742,000이 되셨습니다. 서열의 변동은 없습니다.]

결국 블라드는 패배했다.

이신은 블라드가 다시 치고 나올 루트를 원천 봉쇄하고 승기를 굳혀 나갔고, 정말 물 흐르듯이 자연스럽게 승리를 거뒀다.

크게 기쁨이 걸린 그레모리의 표정에 반해 악마군주 구소인은 다소 심각해졌다.

단순한 패배가 아니었기 때문이다.

어떤 재기 넘치는 과감한 작전에 진 것도 아니고, 그냥 무난하게 졌다.

근본적으로 판세를 읽고 행함에 있어서 실력 차이가 뚜렷했던 것이다.

'나도 블라드의 전략이 좋았다고 생각을 했거늘…….'

이신의 총공세를 뚜렷한 소득 없이 멈춰 세웠고, 그러면서 6시를 자신의 것으로 만드는 실효를 거뒀다.

실익을 챙긴 블라드의 센스 넘치는 전략이었다고 보고 만족했던 구소인이었다.

그런데 웬걸.

이신은 단숨에 포진을 다시 해서 블라드를 구석에 몰아넣고 양분된 채 고립시키는 결과를 만들었다.

눈 깜짝할 사이에 판이 뒤집어졌다!

구소인도 블라드도 보지 못한 싸움의 큰 흐름을 이신은 보고 조율했다는 뜻이었다.

'이건 어찌 해볼 도리가 없는 실력 차이다.'

구소인은 그렇게 진단을 내렸다. 블라드로서는 역부족이라는 게 너무 빤히 보인 서열전이었다.

구소인은 이신에게 다가가 소원을 말하라고 요구했다.

혹시나 싶었지만 어김없이 이신은 마력을 요구했다.

[악마군주 구소인님의 마력 17,420이 계약자 이신님에게 전달됩니다.]

[마력: 71,344/71,344]

이신에게서 최하위 서열의 악마군주와 비슷한 기운이 느껴지는 걸 보고 악마군주 구소인은 이를 갈았다. 자신이 거기에 일조했다고 생각하니 짜증이 났다.

'꼼짝 없이 이번에도 패전 처리로군.'

그나마 자신의 계약자 블라드의 표정을 보니 생각보다 정신적인 타격이 큰 것 같지는 않아서 다행이었다.

"계속 도전하겠다. 전장과 베팅할 마력을 선택해라."

그레모리가 콧대를 세우며 자신만만하게 말했다. 이신 덕분에 그녀는 요즘 서열전을 치를 때만 되면 살판이 났다. 매일 서열전만 했으면 좋겠다 싶을 정도였다.

—조금만 기다려라. 나의 계약자와 상의하고 오지.

그런 그녀를 부러워하며 구소인이 대꾸했다.

블라드와 단둘이 상의를 하는데, 블라드는 의외의 말을 꺼냈다.

"되도록 많이 그와 서열전을 해보고 싶소."

보기 드물게 자신에게 정중한 블라드의 태도는 둘째 문제.

명성 그대로 강하기 그지없는 저 이신을 상대로 많이 싸워보고 싶다니 구소인은 의아함을 금치 못했다.

—이길 수 있다고 생각하는 것이냐? 내가 보기에 놈은 너보다 한 수 위다.

"그건 알고 있소. 그러니 부탁하는 거요."

블라드가 이어서 말했다.

"단 한 판의 대결이었지만 많은 것을 배웠소. 내 단점이 무엇인지 그가 힘껏 나를 깨부수면서 깨우쳐 준 듯한 기분이오."

—으음…….

블라드의 말에 구소인은 생각이 복잡해졌다.

어차피 가망 없는 서열전이라면 구소인은 1만 5천 마력만 베팅하려고 했다.

그레모리와 마력 격차가 3만이 안 되기 때문에 패배 리스크를 최소화할 생각이었던 것.

하지만 블라드의 부탁도 흘려들을 수는 없었다.

자신의 계약자가 더 성장하기 위한 어떤 단서를 잡았다는데 말이다.

구소인은 깊이 고민하다가 말했다.

—좋다, 기회는 단 2번이다.

"알겠소."

결국 구소인은 동일한 전장에서 최소치인 1만 마력을 베팅하기로 했다.

1만씩 2번을 베팅해서 서열전을 2번 더 치르기로 한 것이다.

그렇게 시작된 2차전.

블라드는 이번에는 드워프 총수를 내보내 이신이 먼저 중앙 지역에 진출하는 것을 일찌감치 견제했다.

이에 따라 이신도 전처럼 투석기 1기가 제작되자마자 달랑 먼저 보내서 자리를 선점하는 과감한 행동을 할 수 없게 되었다.

그러면서 블라드는 전 판과 다른 한 가지 변수를 더 두었다.

그것은 폭격기였다.

'제공권을 잡고서 이쪽에서 주도권을 쥐겠다.'

지형적 특성의 영향을 받지 않는 비행 전력인 폭격기가 대포와 함께한다면 블라드가 더 주도권을 쥐고 전선을 유리하게 짤 수 있다는 생각이었다.

하지만 그것은 오판이었다.

그야말로 이신에게 주특기를 활용할 기회를 준 셈이었다.

바로 그리핀 편대!

이신은 잠자코 폭격기를 활용해 압박에 나서는 블라드의 행보를 지켜보았다.

그리핀이 생산되자마자 곧바로 출격시켜 폭격기를 쫓아버리지 않고 가만히 기다렸다.

이신은 블라드가 폭격기에 더 투자하도록 내버려 둔 것.

폭격기가 이신에게는 소용없음을 굳이 미리 경고해 줄 필요는 없으니 말이다.

블라드에게 폭격기가 쌓였을 때, 비로소 이신도 은밀히 모아두었던 그리핀 편대를 출동시켰다.

그렇게 펼쳐진 폭격기 편대와 그리핀 편대의 공중전.

화려한 U턴 샷으로 그리핀 편대는 야금야금 폭격기 편대의 전력을 깎아내렸다.

그제야 비로소 블라드는 무언가 잘못된 것을 깨달았다.

'이런 걸 숨기고 있었구나.'

전 판에서 왜 이런 그리핀 편대 활용을 하지 않았는지도 알아차렸다.

전 판에서는 블라드가 대포와 함께 드워프 총수를 주력으로 삼았다. 드워프 총수가 많이 있었기 때문에 그리핀 편대가 활약할 여지가 많지 않았던 것.

부랴부랴 블라드는 폭격기 추가 제작을 중단하고 드워프 총수의 비중을 늘려 그리핀 편대를 막는 데 주력했다.

그 틈에 이신의 지상군이 치고 나왔다.

그리핀 편대가 교란을 벌이며 지상군의 진출에 호응했다.

그리핀 편대는 병력 수송 수단으로도 활용되었다.

그리핀 편대에 탔던 석궁병들이 블라드의 본진에 드롭.

그리핀들은 다시 돌아가 계속 석궁병을 2명씩 태워 적진에 드롭하며 블라드를 정신없게 만들었다.

블라드가 고유 능력을 발동했지만, 이동 속도가 느리다고 공격 속도까지 느려진 건 아닌 탓에 정신없기는 마찬가지.

전 판과 같은 포격전이 아닌, 속도감 넘치는 난전으로 이신이 스타일을 바꾼 것이다.

변화무쌍한 이신의 전술에 블라드는 점점 방어에 급급한 형국이 되었다.

자연스럽게 세력 균형은 점점 이신에게로 기울었다.

이신은 우세를 놓치는 일이 없었다.

그래도 승기를 끝까지 굳히며 승리. 이신은 2승째를 거두었다.

그리고 마지막 3차전.

블라드는 다시 처음의 패턴으로 되돌아왔다.

'첫 판의 흐름은 괜찮았다. 물러나서 자리를 내주는 판단만

아니었으면 분단당하는 결과는 없었을 거다.'

지난 패배를 반성하면서 블라드는 세 번째 대결에서 더 보완된 모습을 보여주었다.

드워프 총수를 내보내 이신의 진출을 최대한 견제.

'중앙 지역을 내주지 않겠다.'

강력하게 주도권 쟁탈에 나서는 블라드.

이신 역시 강하게 나왔다.

궁병은 별로 무섭지 않았지만, 콜럼버스가 같이 나와서 드워프 총수에 맞서자 블라드는 흠칫했다.

'저 사도는 상당히 까다롭지.'

잘못 걸려서 싸움에서 지면, 피해야 드워프 총수 두세 명에 불과하지만 초반의 그 작은 피해가 눈덩이처럼 굴러가서 점점 커진다.

블라드는 먼저 드워프 총수를 뒤로 뺐다.

하지만 끝까지 중앙 지역을 이신에게 양보하지 않고 다퉜다.

블라드는 서둘러 대포 제작에 들어갔다.

대포 1기가 완성되자마자 드워프 총수들과 함께 출진시켰다. 목표는 중앙 지역이었다.

그런데…….

'아니?!'

블라드는 깜짝 놀랐다.

이신은 이번에도 대군을 끌고 나타났다.

어떻게 이 시간에 블라드를 능가하는 병력을 이끌고 나타났을까?

투석기가 없었다.

병력은 모두 병영에서 소환된 병력들이었다. 석궁병은 물론 장창병과 방패병도 섞여 있었다.

'병영 체제?'

투석기가 없으면 화력이 약해 드워프를 상대하기 힘들다.

하지만 아직 이른 이 타이밍이라면 머릿수를 무기로 강력한 힘을 낼 수 있다.

병력 규모에서 밀리는 블라드는 황급히 후퇴했다. 대포라도 잡히면 큰일이기 때문이다.

결국 중앙 지역은 이신이 장악.

이윽고 뒤늦게야 제작된 투석기가 나타나 중앙 지역에 배치되었다.

'허, 이런 수도 있었군. 목적을 위해 상황에 따라 유연하게 변형된 운영을 하는구나.'

블라드는 감탄했다.

그리고 어린아이처럼 가슴이 설레는 것을 느꼈다.

재미있었다.

아주 재미있는 놀이를 즐기는 것 같은 기분이었다.

'예정대로 간다. 대포를 늘리고 전선을 확장. 어차피 그깟 병영 병력으로 더 이상 뭘 어쩌지는 못해!'

이상하게 전에 없던 의욕이 샘솟았다.

블라드의 위치는 6시. 이신은 2시.

블라드는 남은 시작 지점인 10시를 향해 발 빠르게 진격했다.

10시를 놓고 또다시 쟁탈전이 벌어졌다.

블라드는 한 치도 물러서지 않고 싸웠다.

이신의 탁월한 실력을 인정하지만, 그렇다고 쉽게 패배를 내줄 생각은 없었다.

블라드의 기백에 밀린 것일까.

10시는 블라드의 영역으로 서서히 굳혀지는 듯했다.

그런데 그때였다.

[적이 출현했습니다.]

적은 블라드가 전혀 예상치 못했던 방면에서 나타났다.

투석기 3기와 석궁병, 장창병, 방패병이 골고루 조합된 한 무리가 블라드의 6시 본진 인근에서 나타났다.

깜짝 놀란 블라드.

'언제 저기까지!'

중앙과 10시 분쟁 지역에 이목이 쏠려 있는 사이, 이신의 별동대가 시계 방향으로 전장을 크게 우회하여 그곳에 이른 것이다.

그 찌르기는 상당히 매서웠다.

6시 본진의 출구 근처에 떡하니 자리를 잡았다.

투석기 3기가 그렇게 자리를 잡으니 블라드는 본진에서 추가로 소환된 병력들을 밖으로 뺄 수가 없었다.

나섰다가는 곧바로 날아오는 바위에 얻어맞을 테니 말이다.

바둑으로 치면 신의 한 수!

갑자기 맥을 찔러서 삽시간에 판도를 바꿔놓은 이신.

블라드는 분쟁 지역으로 병력을 공급하는 데 차질이 생겼고, 그 틈에 이신은 10시에 다시 힘을 쏟았다.

격전 끝에 10시는 이신의 손아귀에 떨어졌다.

블라드는 자신의 본진 앞에 자리 잡은 적부터 걷어내느라 10시를 잃고 말았다.

기회를 잡은 순간 이신은 폭풍 같았다.

삽시간에 병력을 전개하여서 블라드를 점점 가두고 몰아넣는 전선을 완성하였다.

어디를 염탐해 봐도 파고들 빈틈이 보이지 않았다.

'멋지구나.'

패배를 직감하며 블라드는 눈을 질끈 감았다.

[악마군주 구소인님의 계약자 블라드 드라쿨레아님께서 패배를 선언하셨습니다. 악마군주 그레모리님의…….]

끝까지 포기하지 않고 분쟁을 펼쳤으나 대세는 거스르지 못하고 이신의 승리.

그로서 서열전은 그레모리의 승리로 돌아갔다.

"놀라운 솜씨를 견식했소."

블라드는 이신에게 다가가 손을 내밀었다.

"감사합니다."

이신은 이에 화답해 악수를 했다.

"괜찮다면 앞으로도 서로 연락을 하며 모의전을 즐기는 건 어떻소?"

"모의전?"

"그대의 실력을 견식하고서 배울 점을 많이 느꼈소. 솔직히 말하자면 비록 지긴 했으나 재미있었다는 감상도 들었소. 이런 적은 오랜만이지."

블라드는 씨익 웃으며 말을 이었다.

"그대에게도 내가 도움이 될 거요. 이 위로 비스마르크나 원숭환, 발터 모델 등등 유독 드워프를 쓰는 계약자가 많지."

이신은 잠시 생각을 해보았으나 오래 고민할 필요가 없는 문제였다.

"좋습니다."

연습 상대라면 언제든 환영이었다.

이신도 다음 서열전에 대비하여 연습 상대가 필요했고, 무엇보다도 블라드와의 대결이 재미있었으니까.

그렇게 악마군주 그레모리는 서열 18위에 올랐다.

정상을 향한 파죽지세의 상승세였다.

제10장

상승세 I

“나와의 일전은 비스마르크를 상대하기 위한 아주 좋은 전초전이었을 걸세.”

블라드가 말했다.

의아해하는 이신에게 계속 설명했다.

“비스마르크도 분명 제7전장 오린을 선택할 거거든.”

서열전이 끝난 후.

두 사람은 그 뒤에도 만나서 모의전을 했다.

이신은 드워프를 다루는 상위 계약자를 상대하기 위한 예행연습이었고, 블라드로서는 실력을 닦기 위함이었다.

“그래서 당신도 오린을 택한 겁니까?”

블라드는 고개를 끄덕였다.

"그 늙은이를 상대로 준비한 전략이 얼마나 잘 통하는지 확인하고 싶었거든."

이신은 비스마르크를 떠올렸다.

축제에서 마주쳤던 비스마르크의 고유 능력은 분명…….

'병력 소환이나 무기 개발 속도를 일시적으로 빠르게 하는 거였지. 그래서 제7전장 오린을 택한 거였군.'

이신도 수긍했다.

"선점해야 하는 위치가 이렇게 뚜렷한 전장에서는 확실히 그 사람이 유리하겠군요."

"내가 꽤나 고생했을 걸 이제 알겠나?"

일시적으로 병력 소환을 빠르게 한다.

비스마르크는 그런 고유 능력을 이용해 상대보다 더 빨리 대포를 제작할 수 있다.

대포가 먼저 나오니 거점도 먼저 가서 차지할 수 있다.

그러니 블라드는 비스마르크와 겨룰 때 항상 중앙 지역을 내주고 시작할 수밖에 없었다.

'어쩐지 첫 판에서 중앙 지역을 의외로 쉽게 포기하더라니.'

중앙을 내준 대신 전선을 빠르게 포진시켜 영역을 넓힌 블라드의 전략은 본래 비스마르크와의 대결 때 쓰려던 것이었다.

급한 김에 이신에게 써먹어 봤지만 끝내 패배.

준비했던 회심의 전략이 격파당했으나, 블라드는 대신 이신을 통해 자신의 단점을 깨달을 수 있었다.

"난 시야가 너무 좁았던 것 같군."

"초점이 한 부분에 집중되어 있는 건 사실입니다."

덕분에 이신은 마술사의 미스디렉션처럼 블라드의 이목을 피해 핵심을 찌를 수 있었다. 물론 그것은 다른 종족을 상대로는 그리 큰 단점이 되지 않는다. 하지만 전장 전체를 아우르는 큰 규모의 장기전이 되었을 때는 그 단점이 부각될 뿐이다.

"어쨌든 나를 이겼으니 비스마르크도 꺾어야 하네. 그 융통성 없는 영감, 내가 도전했다 하면 단 한 번의 예외도 없이 꼭 제7전장만 택하더군."

불만을 토로하는 블라드.

이신은 이를 보며 나폴레옹과 알렉산드로스를 떠올렸다.

나폴레옹도 알렉산드로스를 상대로 꼭 자신이 유리한 전장 하나를 고집한다고 했다.

워낙에 서로 실력이 박빙이라, 다른 전장을 택했다가는 패배할지도 모르기 때문이다.

'반대로 그 전장에서는 이길 수 있다는 확신이 있기 때문이기도 하지.'

나폴레옹이 그렇듯, 비스마르크도 확고한 비전을 갖고 서열전에 임하는 계약자라는 뜻이었다.

어쨌든 그런 뜻밖의 좋은 정보를 얻자 이신은 기회라고 생각했다.

'이참에 비스마르크까지 꺾고 나서 돌아가도 괜찮겠다.'

본래는 18위만 달성하고 가려 했다.

너무 오래 비우면 또 게임 감각이 녹슬 수 있기 때문.

하지만 블라드 드라쿨레아와의 일전이 비스마르크를 상대하기 위한 연습 게임처럼 되어 버렸다.

똑같이 드워프.

전장도 똑같이 제7전장 오린.

이러면 더 준비 시간도 필요 없이 바로 17위까지 노려볼 수 있는 것이다.

비스마르크의 고유 능력이 무엇인지도 이미 72악마군주의 축제 때 만나봐서 알고 있으며, 심지어 그 능력을 어떻게 이용할지도 블라드가 가르쳐 주었다.

"유용한 정보를 알려주셔서 감사합니다."

이신이 블라드에게 감사를 표했다.

블라드는 씨익 웃었다.

"나로서도 자네와 손잡음으로서 많은 득을 얻었네."

블라드도 이신과 모의전을 더 치러보면서 자신의 단점을 깨달을 수 있었다.

그리고 그 단점을 보완할 실마리도 이미 얻은 상태.

일단 충분히 연습해서 보완을 하고 나면 다시 한 번 이신과 모의전을 치러서 확인해 볼 참이었다.

이렇듯 블라드는 소중한 연습 상대를 얻었다.

게다가…….

'서열전에 흥미를 느끼게 되었다. 연습을 통해 내가 얼마나 더 강해질 수 있을지 확인하는 건 이렇게 즐거운 일이군.'

한마디로 블라드도 비로소 게임이 얼마나 재미있는 건지 알게 된 셈.

그런데 그때, 문득 질 드 레가 이신에게 다가와 정중히 청했다.

"주군, 드릴 말씀이 있습니다."

질 드 레에게서는 예전과 다른 묵직한 위압감이 풍겼다.

이신은 바로 어제 악마군주 구소인을 꺾고서 많은 마력을 얻자, 질 드 레를 가장 먼저 상급 악마로 만들어주었다.

2만 마력을 하사하자 질 드 레는 총 3만을 보유함으로서 상급 악마로 진화하였다.

그러고도 이신은 여전히 51,344마력을 가지고 있어서 권속인 질 드 레와 적당한 격차를 유지할 수 있었다.

적당한 마력 격차를 유지하지 않으면 권속의 충성심이 흔들릴 수 있다고 그레모리에게 조언을 들었기 때문에, 일단은 질 드 레만 상급 악마로 만들어주고 그쳤다.

사도로 활약하는 다른 5인보다는 연습 상대가 되어주는 질 드 레가 더 강해지는 편이 낫다고 판단한 것도 있었다.

"제게도 발라히아 공과 겨룰 수 있는 기회를 주십시오."

"호오, 그거 재미있겠군!"

블라드도 호승심에 눈을 빛냈다.

옛날, 질 드 레가 계약자였던 시절에 블라드는 서열전에서 그를 꺾은 바 있었다.

하지만 이제는 매일 이신의 연습 상대가 되어주었으니, 그때보다 훨씬 실력이 늘었을 것은 자명했다.

과연 얼마나 성장했는지 한번 보고 싶다는 생각이 들었다.

이신은 쾌히 고개를 끄덕였다.

"그리하라. 드라쿨레아님도 허락해 주시겠습니까?"

"좋다마다."

그렇게 두 사람도 여러 차례 맞붙으며 실력을 겨루기 시작했다.

이신의 제안에 의해 총 5판을 겨루기로 했는데, 처음 두 판은 블라드의 승리.

괴물을 상대로 블라드는 전혀 다른 면모를 보였다.

드워프 총수를 많이 뽑아 일찌감치 공세에 나섰는데, 드워프 총수는 궁병과 달리 체력도 힘도 세서 헬하운드가 달려들어도 겁내지 않았다.

질 드 레는 휴먼을 상대하듯이 블라드를 공략하다가 낭패를 보았다.

'어쩔 수 없는 약점이 드러났군.'

이신은 그렇게 판단했다.

모든 면에서 딱히 부족한 바 없이 준수한 질 드 레의 유일한 약점은 바로 계약자가 아니라는 점이었다.

질 드 레는 이신의 휘하에 들어온 이후로 휴먼 이외의 다른 종족과 모의전을 치러본 적이 없었다.

이신이야 질 드 레가 다른 종족으로 연습 상대가 되어주었으나, 질 드 레는 그럴 수 없었다.

계약자도 아닌데 이신의 연습 상대 이외의 목적으로 모의전을 치를 이유가 없지 않은가?

두 판을 내리 진 뒤에 질 드 레는 무언가 감을 찾은 듯했다.

3번째 대결에서는 보다 백중세로 싸워서 블라드와 호각을 보였다.

블라드도 한때 위태로운 지경에 빠질 정도였으나, 계속 차곡차곡 모아놓았던 대포가 후반에 큰 위력을 발휘해 역전에 성공했다.

진땀 흘린 블라드.

그도 질 드 레의 약점을 빤히 아는데, 3판째에 져서야 체면 상하는 일이었다.

4판째에서 블라드는 보여주지 않았던 새로운 전략을 써서 질 드 레를 다시 잡았다.

질 드 레가 아둔한 상대도 아닌데, 이 이상 똑같은 패턴을 반복해서 공략당해 줄 이유가 없었다.

"졌습니다."

질 드 레는 다소 분하다는 듯이 말했다.

4판을 내리 졌으니 할 말 없는 완패였다.

"남은 한 판도 치르세. 나도 괴물을 상대하는 건 오랜만이라 재미있군."

위로는 비스마르크, 아래로는 피로스.

이 구도가 변함없다 보니 블라드도 괴물을 오랜만에 구경해 본 것이었다.

이참에 괴물을 상대로 한 연습도 할 수 있으니 기회를 놓칠 수 있겠는가.

5판째.

질 드 레는 마침내 블라드를 꺾는 데 성공해 그나마 5—0의 수모를 면했다.

“끄응, 하필이면 마지막 판을 져버리니 이거 영 찜찜하군.”

4—1 완패를 당한 질 드 레야 당연히 분했지만, 블라드도 하필 마지막에 패배하는 바람에 기분이 이상해졌다.

이전 네 차례 싸움으로 익숙해진 질 드 레가 마지막에 이르러 마침내 블라드를 이기는 데 성공했다는 스토리가 되었기 때문.

“뭐, 이 정도가 딱 좋지. 다음에 다시 붙어볼 때를 위한 좋은 자극으로 남으니까.”

“동감입니다.”

다음을 기약하고 블라드는 떠났다.

그렇게 하루를 보낸 이신은 다음 날이 되자 그레모리를 찾아갔다.

“17위로 도전하죠.”

“악마군주 보티스와요? 구소인과의 서열전을 치른 게 불과 이틀 전인데요.”

그레모리가 놀라 되물었다.

“이미 대비는 충분히 되었습니다.”

이신은 자세한 사정을 설명하였다.

이야기를 듣고 그레모리는 기뻐했다.

“저야 찬성이죠. 카이저를 만나고서 서열전은 저의 가장 큰 즐거움이 되었는걸요.”

싸웠다 하면 승리를 가져다주는 치트키가 있는데 즐겁지 않을 턱이 없었다.

서열전을 치를 때마다 마력과 서열이 오르니 그레모리는 최하위였을 때의 패배 의식이 사라지고 자신감이 넘쳤다.

"요즘 따라 더 열심히 하시네요."

"1위에 점점 가까워지고 있으니까요."

그레모리는 밝게 웃었다.

"1위라니, 정말 그날이 기다려지네요."

"곧 옵니다."

이신은 언제나처럼 확고한 자신감을 드러냈다.

그런 이신의 자신감은 객관적인 사실을 말하는 듯했다.

결국 자신이 최고가 될 게 분명하다고 늘 100% 확신에 차 있기 때문이었다.

'그 뒤에도 카이저가 내 곁에 남아 있을까?'

그레모리는 문득 그런 걱정이 들었다.

최근에 계약을 연장했고, 이신은 서열 1위라는 영광을 그레모리에게 가져다주기 전에는 떠날 일이 없을 터였다.

하지만 그 최종 목적을 이룬 뒤에는 어떨까?

'너무 빨리 올라와서 오히려 독이 될 줄이야.'

최대 수혜자인 그레모리 본인이 생각해도 지나치게 빠른 서열 상승 속도였다.

아직 시간이 더 필요했다.

이신이 진정한 악마가 되려면 말이다.

마력의 달콤함을 알면 그걸 전부 포기하고 인간으로 되돌아갈 수 없을 터.

그런데 이신은 평소 마력에 대해 극도의 절제를 보였다.

마력을 완전히 활성화시킨다면 육체가 재구성되고 초인이 될 텐데, 무슨 이유인지 인간의 한계를 벗어나지 않기 위해 노력했다.

게다가 벌써 17위로 도전하는 형편이니, 이러다가는 정말 1위에 올라 버리고 인간으로 돌아가 버릴지도 몰랐다.

'아낌없이 더 많은 선물을 줘야겠구나.'

그레모리는 이신을 마계에 붙잡아놓기 위해 강구했다.

'많은 것을 갖게 되는 만큼, 버리기도 어려워지니까.'

그녀는 꿈을 꿨다.

그녀가 꿈꾸는 미래에서 두 사람은 함께 마계의 정점에 군림하고 있었다.

영원히.

그날, 악마군주 그레모리와 계약자 이신은 서열 17위에 도전을 결정했다. 상위권에서도 여전히 가파른 속도로 서열을 올리고 있는 두 사람의 행보에 전 마계가 주목하고 있었다.

악마군주 그레모리는 단연 마계에서 제일 시끄러운 화젯거리였다.

엄청난 상승세!

최하위에서 기적적으로 부활했을 때도 주목을 받았는데,

72악마군주의 축제에서 최종 승자에 들어 상위권에 갔을 때는 관심이 절정에 이르렀다.

갑자기 상위권에 합류했으니 이제 그 연승 행진도 중단될 거라고 다들 생각했다.

그런데 아니었다.

23위에서 삽시간에 18위!

하위권과는 수준이 전혀 다른 상위권에서조차도 그레모리의 승승장구를 저지할 수가 없었다.

'계약자 이신!'

'아가레스조차 인정한 실력자.'

'그가 어떻게 서열전을 펼치는지 알아내야 한다.'

'그자의 전략, 전술이 서열전의 새로운 주류가 될 것이다.'

모든 악마군주와 계약자들이 촉각을 곤두세우고 있었다.

전례 없는 엄청난 서열 상승폭이었다.

작년부터 현재까지 역대 최강의 승률을 지키고 있는 이신의 실력은 이제 누구도 거품이라고 생각하지 않았다.

하위권에서만 통하는 실력이라고도 생각하지 않았다.

그것은 새로운 주류의 등장이었다.

이신의 영향을 받아 계약자들의 전략, 전술도 변화할 터였다.

그 변화에 적응하지 못하면 도태된다.

그로 인해 계약자들 간의 교류가 전보다 더 활발해졌다.

서로 모의전을 치르며 실력을 갈고닦아야 살아남는다는 경각심이 생긴 탓이다.

종족별로 한 명씩 연습 상대를 두어 교류를 하는 것이 계약자들의 기본이 되었다. 다른 이들의 서열전이나 모의전을 참관하는 일도 점점 늘어났다.

그렇게 서로 정보 교환이 가속화되면서 계약자들의 실력도 늘기 시작했다.

그것은 비스마르크 역시 마찬가지.

블라드와 서열전을 치렀다는 이야기를 들었을 때, 이미 이신이 쉬지 않고 바로 도전해 올 거라고 예상했다.

'전에도 한 번에 두 서열을 올렸었지.'

심지어 이번에는 둘 다 드워프이니 더 쉽다고 생각할 터.

비스마르크는 방심하지 않고 이신에 대한 대비를 했다.

그 뒤 블라드가 악마군주 그레모리의 영토를 방문했다는 소식도 들었다.

'친해졌군.'

함께 모의전을 할 것이고, 블라드가 자신에 대한 정보를 이신에게 알려줄 것이다.

블라드의 입장에서는 이신이 빨리 더 위로 사라지는 편이 좋다. 게다가 이신이 빨리 비스마르크를 꺾고 공략 방법을 공유해 주는 게 이득이다.

'대략 내 기본 전략은 알았다고 봐야 하는데, 과연 어떤 파훼법을 보여줄지 기대되는군.'

비스마르크는 당연하지만 이신을 얕보지 않았다.

축제 때도 발터 모델, 프랜시스 드레이크 등의 쟁쟁한 이들과 함께 맞섰지만, 이신의 그리핀 편대가 결정적인 활약을 펼치는 바람에 패배했다. 그가 보기에 이신의 실력은 발터 모델과 비교해도 결코 아래가 아니었다.

'적어도 심술이라도 부려줘야지.'

기본 전략 외에 자신이 급조해서 떠올린 비상수단을 다시 떠올리며 비스마르크는 웃음을 지었다.

* * *

그날 그레모리와 이신은 악마군주 보티스에게 도전했다.

예상하고 있던 보티스 측도 당황하지 않고 전장과 베팅할 마력량을 선택했다.

예상대로 제7전장 오린.

다만 베팅은 겨우 2만 마력이었다.

이길 수 있다는 자신감이 들어간 베팅이 아니었다.

'여차하면 내준다는 각오군.'

다전제의 귀재인 이신은 금세 상대측의 의중을 파악했다.

아마도 지금껏 고수하고 있던 기존의 전략 패턴 가지고는 이신을 꺾을 수 없다는 생각이 들었으리라.

'그렇다면 따로 노림수를 하나 더 준비했다는 뜻이군.'

이신도 대충 견적을 잡았다.

그렇다면 첫 판은 반드시 잡아야 한다.

상대가 일단 첫 판은 내준다는 각오이니, 그걸 받아먹고 1승을 해야 숨기고 있던 노림수를 꺼내게 만들 수 있다.

"다시 보게 될 거라고 생각은 했지만 이렇게 빠를 줄은 몰랐네."

비스마르크가 인사를 해왔다.

이신도 고개를 끄덕였다.

"저도 그렇습니다."

"본인이 생각해도 빨리 올라왔다는 뜻인가?"

허허허 웃으며 물으니 이신은 고개를 끄덕였다.

"요즘 컨디션이 괜찮습니다."

현실에서도 마계에서도 이신은 요즘 최고조였다. 이신은 굳이 그걸 숨기지 않았다. 숨기고 우는 소리 좀 한다고 이신을 상대로 방심할 사람은 없으니 말이다.

"자네는 그런 점이 무섭구먼."

비스마르크는 노련하게 그런 이신의 사람됨을 알아보았다.

과하지도 부족하지도 않은 거만함.

자신감에 걸맞은 능력을 지닌 천재였다.

"덕분에 나도 대책을 세우느라 고생 좀 했네."

"기대하겠습니다."

어서 숨겨둔 비장의 대책을 꺼내게 만들겠다는 뜻이었고, 이를 알아들은 비스마르크도 쓴웃음을 지었다.

그렇게 첫 판이 시작되었다.

비스마르크는 예정되었던 기존 전략을 펼쳤다.

[계약자 오토 폰 비스마르크님께서 고유 능력을 사용합니다. 300마력이 소모됩니다.]

[병력 소환 및 무기 개발 속도가 일시적으로 30% 증가합니다.]

병력 생산 속도와 기술 개발 속도가 일시적으로 30% 증가하는 이적!

이를 통하여 비스마르크의 대포가 재빨리 완성되었다.

대포를 전진시키며 전장의 중앙 지역을 장악.

여기에 드워프 총수도 하나둘 합류해 점점 전진했고, 이신의 앞마당 앞까지 당도하여 압박을 했다.

이에 대한 이신의 대응 전략은 간단했다.

앞마당 마력석 채집장을 빨리 짓고서 마력 확보에 주력한 것.

그 대가로 비스마르크가 앞마당까지 다가와 거세게 압박했지만, 이신은 계속 수비하면서 버텼다. 그러면서 초반에 부유한 출발을 하며 모은 마력으로 대량의 병력을 모았다.

비스마르크도 병력을 더 투입하여서 압박을 더 강화했다.

이대로 전선을 구축시키면, 이신을 밖으로 한 발도 나오지 못하게 틀어막고 끝낼 수 있기 때문이었다. 하지만 이신이 병력을 드러내자 비스마르크는 그 생각을 깔끔하게 접었다.

'저런 수를 쓰나?'

장창병과 방패병!

석궁병은 조금밖에 없었다.

애당초 이신은 석궁병만 보여주며 수비했다.

이를 보고 비스마르크는 이신이 그리핀 편대를 준비하고 있다고 생각했다.

투석기가 나오지 않고 있으니 당연한 일이었다.

그리핀에 대비하여서 드워프 총수를 충원하며 대포와 함께 병력 구성을 한 비스마르크. 하지만 이신은 석궁병을 비스마르크에게 보여줄 용도로 조금만 뽑았고, 오히려 근접전에 특화된 장창병과 방패병을 주력으로 준비했다.

대포+드워프 총수 구성에 대한 카운터였다.

"돌격!"

[계약자 이신의 사도 중급 악마 이존효가 능력 광기를 사용합니다.]

[주변 아군이 광기에 휩싸여 공격력이 크게 강화되었습니다.]

이신의 돌격대장 이존효가 앞장서서 돌파에 나섰다.

근접전에 강한 병력이 없는 비스마르크는 싸우지 않고 재빨리 후퇴했다.

무기 개발까지 된 방패병은 드워프 총수의 천적이기 때문에 싸워봐야 득 될 게 없었다.

대포도 있긴 하지만 상대 병력이 너무 많았다.

'대포가 더 필요하겠어.'

일단은 중앙 지역까지 후퇴해서 다시 자리를 잡았다.

경사진 지형과 대포의 사거리를 이용해서 버티면 이신의 돌격을 막을 수 있다는 계산이었다.

이신도 그걸 알기 때문에 더는 밀어붙이지 않았다.

다만 비스마르크가 압박을 풀고 중앙까지 물러난 틈에 재빨리 새로운 지시를 내렸다.

'바로 지금이다.'

이신의 본진에서 돌연 3기의 병력이 튀어나와 빠른 속도로 출진했다.

바로 기사였다.

사도 서영과 기사 2기가 재빨리 중앙을 크게 우회하여서 비스마르크의 본진을 기습했다.

돌격으로 드워프 총수들을 죽이고 앞마당에서 일하던 드워프 광부들을 살육해 피해를 주었다.

계속 생산된 드워프 총수가 사격으로 대응하자 그제야 물러났지만, 이미 비스마르크는 큰 피해를 입은 뒤였다.

'이런 걸 준비했나!'

포격전을 준비한 비스마르크에게, 이신은 포격전으로 상대해주지 않았다.

장창병과 방패병, 그리고 기사.

기동성과 돌격을 위주로 전술을 펼쳐 보이며 오히려 비스마르크를 흔들어 버렸다.

고유 능력으로 300마력을 소모한 탓에 가난했던 비스마르크는 그런 이신의 전술에 대응하여 드워프 도끼병을 뽑을 여유가 없었다.

한 번 흔들리기 시작하자, 비스마르크는 계속 이신의 빠른 습격에 휘둘리기 시작했다.

기사단이 점점 병력수를 늘리며 전장을 종횡무진 누볐다.

그 탓에 비스마르크는 병력을 더 포진시켜 전선을 구축하려는 시도를 못 했고, 자연히 이신의 활동 폭이 더 넓어지는 악순환이 반복되었다.

[악마군주 보티스님의 계약자 오토 폰 비스마르크님께서 패배를 선언하셨습니다. 악마군주 그레모리님의 승리입니다.]

1승.

비스마르크가 고수하던 기존의 전략은 결국 이신에게 파훼당했다.

포격전에서는 드워프가 유리하지만 반대로 기동성에서 휴먼에게 뒤처진다는 약점도 존재했고, 이신은 그걸 정확하게 공략한 것이다.

'기동전이라… 확실히 그거면 내가 못 당하지.'

비스마르크는 쓴웃음을 지으며 패배를 인정했다.

하지만 이제는 감춰놨던 깜짝 카드를 꺼낼 때였다.

공교롭게도 이신이 꺼내 든 기동전에 대한 완벽한 대책이 되는 카드였다.

"마력은 5만, 전장은 그레이어스다."

"…뭐?"

그레모리가 당혹하여 물었다.

악마군주 보티스가 말했다.

"못 알아들었나? 제13전장 그레이어스 말이다."

제13전장 그레이어스.

72악마군주의 축제에 쓰였던 바로 그 전장이었다.

시작 지점만 무려 8곳!

거기서 일대일 대결을 한다면, 상대의 위치를 파악하는 정찰에도 엄청난 시간이 걸릴 정도로 방대한 전장이었다.

이신도 그것만은 예상을 못 했기에 상당히 놀랐다.

비스마르크는 씨익 웃고 있었다.

'확실히…….'

이신은 나직이 감탄했다.

상대 위치를 빨리 파악할 수 없는 8인용 전장.

지형도 상당히 불규칙적이라 방어에 용이하다.

필연 장기전이 되기 쉬운 전장인 것이었다.

장기전이 된다면 유리하다고 비스마르크는 판단한 것.

'확실히 내가 더 장기전에 불리한 조건이지.'

휴먼과 드워프의 장기전은 필히 포격전이 된다.

그런 어마어마한 화력이 떨치는 전투에서는 이신의 고유 능력이 별 쓸모가 없다.

반면 비스마르크의 고유 능력은 테크 트리 올리는 속도를 높인 대가로 300마력을 소모해 가난해지지만, 달리 쓰면 오히려 300마력이 아깝지 않은 마력 공급 상의 이득을 거둘 수도 있다.

'뭘 노리는지 알겠다.'

이신은 비스마르크의 의중을 완전히 파악했다.

비스마르크는 자신의 고유 능력을 쓰는 방식을 두 가지로 나눈 것이다.

방금 전의 대결이 첫 번째.

그리고 제13전장을 고른 이유가 바로 두 번째 방식이다.

'상대보다 30% 더 빠른 확장.'

그랬다.

비스마르크의 고유 능력은 마력석 채집장을 더 빨리 구축하는 식으로 쓸 수 있었다.

중반을 넘어가면 상대보다 30% 더 빨리 마력석 채집장을 가져가는 게 300마력을 훨씬 뛰어넘는 이득으로 작용하기 때문이다.

지형도 복잡하고 큰 제13전장 그레이어스는 방어에도 용이하니 확장 위주의 전략이 잘 먹힐 터였다.

상대가 아주 좋은 전략을 택했다는 것을 깨달았다.

하지만 그걸 아니 더욱 재미있겠다는 생각이 든 이신이었다.

『마왕의 게임』 19권에 계속…